LA RÉVOLUTION

PAR

Gustave de BERNARDI

PARIS
J. ALBANEL ET ED. BALTENWECK, LIBRAIRES-ÉDITEURS
7, rue Honoré-Chevalier, 7.

1873-1875

LA

RÉVOLUTION

PAR

G. DE BERNARDI

PARIS
J. ALBANEL ET ED. BALTENWECK, LIBRAIRES-ÉDITEURS
7, rue Honoré-Chevalier, 7.

1873-1875

AVANT-PROPOS

Le monde civilisé traverse une crise des plus extraordinaires. Ce qui la distingue entre toutes, c'est que la plus grande partie des hommes y affectent des allures de Titans, s'efforçant d'escalader le ciel. Mais le ciel est haut, et ses habitants peuvent vivre indépendants de la terre, tandis que rien ne prouve que l'humanité puisse se passer de Dieu.

A voir le trouble qui s'empare des intelligences, on doit conclure, au contraire, à la vérité de cette parole : « Je suis la lumière du monde, et celui qui me » suit ne marche pas dans les ténèbres. » Dans les ténèbres ! le monde moderne y est en plein. Les peuples et les hommes s'y choquent à l'envi, en poussant des clameurs orgueilleuses ou des gémissements plaintifs : on les voit se presser en désordre et se déchirer au pied de l'échelle sur laquelle ils se hissent pour assaillir Dieu et le Christ. L'idée si répandue que le droit du nombre est une lumière, que le droit de la force est une fin et que le communisme démocratique est un état social, témoigne de l'obscurcissement profond dans lequel ils sont plongés. En se figurant qu'il peut remplacer par ce système, construit péniblement sur des illusions malsaines, la vérité, la justice et l'ordre ayant leur source, leur légitimité et leur appui en Dieu, l'esprit moderne est devenu semblable à l'aveugle de l'Ecriture, qui prétend conduire d'autres aveugles.

A cette heure, ces opinions ont tellement surexcité l'orgueil des hommes, que tout fait craindre que l'humanité aille se heurter encore une fois, à ses risques et périls, contre l'épée flamboyante qui l'a chassée du paradis terrestre.

Elle est toujours prête, en effet, à inventer des systèmes hostiles à la vérité et favorables à l'émancipation de ses vices. Le suffrage universel prête, il faut le dire, à une grande et publique manifestation des sentiments qui forment le fond de la nature humaine corrompue par la faute originelle, et le temps n'est peut-être pas loin où l'humanité, dans ses comices, c'est-à-dire sur son Sinaï, opposera son décalogue à celui de Dieu.

Il ne fait pas bon écrire et vivre aux époques où les hommes s'efforcent de penser et d'agir ainsi, en dehors de la vérité divine et naturelle. Les peuples, comme les individus, n'aiment pas à ce que l'on blâme les idées et les passions qui leur sont chères. Ils veulent vivre en se satisfaisant par elles : pour leur plaire, il faut leur dire qu'un miracle leur permettra de faire le mal sans en souffrir, et se garder de leur démontrer que leurs erreurs et leur perversité causeront leur perte. La honte et la souffrance deviennent, par là, le seul *criterium* auquel cette humanité puisse reconnaître son néant et sa dépendance.

Néanmoins, chacun, suivant ses moyens, doit s'efforcer de dissiper les illusions de l'orgueil. Quand la vérité se distingue à ce point des idées des hommes, il faut tâcher de demeurer avec elle, de participer à son œuvre de lumière et de salut, et de se séparer de l'œuvre de ténèbres et de perdition. C'est ce que j'ai voulu faire. Cette étude a paru dans une Revue pendant le cours de l'année 1873. Bien loin de décroître depuis, la Révolution a pris de nouvelles forces et s'est rajeunie, pour ainsi dire, par des victoires inespérées. J'ai donc eu peu de chose à changer et à ajouter. Puisse cet ouvrage montrer à quelques hommes, que la nature et la raison humaines sont compromises à cette heure plus que la religion chrétienne, et que pour lutter contre l'attaque la plus insidieuse et la plus puissante qui ait été dirigée contre l'intelligence et contre la liberté des créatures de Dieu, la seule lumière et le seul secours sont dans le Christ.

LA RÉVOLUTION.

> « La Révolution est un corps de destruction
> » complétement organisé pour cette fin, par-
> » faitement homogène, adhérent dans toutes
> » ses parties, qui dans sa course doit tout
> » écraser ou être écrasé lui-même. »
>
> (Antidote au congrès de Rastadt, 1797.)

I.

Quand un peuple obéit pendant une période notable de son existence à des idées d'un genre particulier, il se forme chez lui un mouvement propre à réaliser ces idées dans les faits et à aboutir à leurs conséquences extrêmes.

A la fin du XVIIIe siècle, un courant d'idées nouvelles se manifeste chez les Français. Ce courant s'établit et imprime à leur vie nationale une physionomie particulière. De grands changements s'opèrent chez eux, et ils s'acheminent, par des incidents divers, vers la fin que la logique de leurs nouveaux principes prépare.

L'ensemble d'idées et de faits qui domine l'histoire des Français et, par eux, la société européenne depuis cette époque, a pris le nom de Révolution.

Tout le monde, dans ce siècle, parle de la Révolution, agit plus ou moins sous son influence et souffre par elle, sans trop savoir ce qu'elle est. Ce que l'on doit remarquer d'abord, c'est qu'on parle et qu'on s'occupe d'elle comme on ferait d'un être pourvu d'une véritable personnalité, doué d'une pensée et d'une action propres, chargé d'accomplir une mission souveraine, et capable, par conséquent, d'entraîner les hommes à sa suite en leur commandant en maître.

Il n'est pas difficile de suivre dans la vie du monde moderne cet esprit et cette action de la Révolution. Cet être mystérieux a ses dévots et ses fidèles; il inspire des légions de prédicants, il entretient des armées de sicaires, il pousse devant lui des peuples et des sociétés qui obéissent à sa voix. Il a, à la fois, la physionomie d'un docteur, d'un chef et d'un despote, et les plus grandes existences humaines de ce siècle ont écouté ses enseignements, exécuté ses ordres et sacrifié leurs intérêts aux siens, avec l'ardeur du prosélyte ou avec l'humble soumission de l'esclave. On doit même dire qu'il exerce une sorte de fascination, et l'on a pu voir, plus d'une fois dans ce temps, des monarques, maîtres en apparence de leurs destinées, mais entraînés par une force irrésistible, venir, pleins de trouble et d'effroi, se jeter, à la tête de leur armée de fonctionnaires et de soldats, dans les filets de ce chasseur de rois.

Un second caractère de la Révolution, c'est son cosmopolitisme.

Ses prétentions de docteur, de chef et de maître suprême sont sans bornes. Dès le principe, elle s'élance au delà des limites de la nation française, et revendique l'humanité entière pour son domaine. D'un côté, elle adopte avec empressement comme siennes, les individualités éminentes, les doctrines et les systèmes qui ont surgi à des époques antérieures. Le Christ lui-même n'échappe pas à cet accaparement, et, au milieu des blasphèmes qu'elle a proférés, on a entendu celui-ci : « Jésus fut le premier des sans-culottes. »

D'un autre côté, dans moins d'un siècle, les enseignements, les institutions et les mœurs révolutionnaires se sont étendus au monde civilisé tout entier. De même que Jésus-Christ avait dit à ses disciples : « Allez et enseignez toutes les nations, » ainsi la Révolution a lancé sur le monde ses prédicants et ses sectaires, en les conviant à une sorte de conquête. « Comme elle avait l'air de tendre à la » régénération du genre humain plus encore qu'à la ré- » forme de la France, elle a allumé une passion, inspiré le » prosélytisme et fait naître la propagande..... Elle est de- » venue une religion nouvelle, religion imparfaite il est » vrai, sans Dieu, sans culte et sans autels, mais qui, néan- » moins, comme l'islamisme, a inondé toute la terre de ses » soldats, de ses apôtres et de ses martyrs (1). »

Si l'on analyse cependant cette doctrine nouvelle qui aspire à régénérer l'espèce humaine, on trouve où elle commence, mais on ne sait pas où elle finit.

En général, elle a pour point de départ les idées absolument contraires aux principes chrétiens, et elle va ainsi du rationalisme à l'athéisme, de la libre-pensée à la négation de la pensée, de la souveraineté du peuple au droit d'insurrection en permanence, du socialisme au communisme, du sensualisme à la théorie de l'homme-singe. Elle sait être tour à tour, tout à la fois, le vieux et le néo-catholicisme, le gallicanisme, l'ecclectisme, le voltairianisme, le déisme, la négation pure de Dieu et le bestialisme. Ses idées propres paraissent insaisissables, car au moment où l'on croit pouvoir les définir, elles s'accentuent ou s'effacent suivant les circonstances.

La cause principale de ses succès dans le monde mo-

(1) M. de Tocqueville, l'*Ancien Régime et la Révolution.*

derne, est dans ses promesses de réformes et de liberté. Par là, elle flatte les plus nobles passions de l'être humain, tandis que, d'un autre côté, elle s'attire le concours de tous ses mauvais instincts : par là, elle se crée des admirateurs et des séides parmi ceux-là mêmes qu'elle veut asservir et détruire, pendant qu'elle élève à la hauteur de personnages importants des hommes désordonnés et des malfaiteurs.

Dans l'ordre politique, la Révolution a été, suivant les circonstances, libérale ou césarienne, parlementaire ou absolutiste, bourgeoise ou prolétaire, politique ou sociale, conservatrice ou anarchiste. Tantôt elle exalte le peuple, tantôt elle le foule aux pieds ; elle choie les despotes ou elle les renverse ; elle flatte l'intelligence humaine ou elle l'asservit. « Initier l'humanité à une vie nouvelle, » tel est le but qu'elle se propose, dit-elle. Par elle, les hommes doivent être indépendants de toute autorité surnaturelle ou naturelle, les peuples de tous chefs, les intelligences de toute règle gênante, le corps de toute privation, la personne humaine de tout devoir.

Toutes les passions désordonnées et malfaisantes trouvent en elle une légitimation et un appui : il n'est pas de crime qu'elle n'ait glorifié, pas de malfaiteur qu'elle n'ait grandi, et il n'est pas difficile de prouver, en jetant un regard autour de nous, que tout homme qui s'égare et qui s'avilit devient inévitablement révolutionnaire, et, qu'en retour de sa foi, la Révolution autorise et récompense les explosions les plus hideuses de ses vices.

Quoique la Révolution agisse de manière à montrer qu'elle favorise plutôt le mal que le bien, son esprit possède tellement les hommes de ce temps, qu'un grand nombre d'entre eux lui attribuent les biens nouveaux dont ils jouissent, et, il y a quelques jours, on a pu entendre un personnage entouré d'une juste considération, s'écrier : « La Révolution » est hors de page depuis bien des années, et le plus vieux » de ceux qui essaient de le contester n'aurait pas con-

» science de l'air qu'il respire depuis son berceau.... » (M. de Falloux, *Du Scepticisme politique.*)

Quelle est donc cette puissance qui domine à ce point le XIXe siècle, que son empire est devenu indiscutable ? Par quelle suite de circonstances, des chrétiens en sont-ils arrivés à admettre comme un fait accompli, nécessaire et respectable, un mouvement qui attaque partout le Christianisme avec la haine d'un ennemi implacable ?

Comment des hommes et des Français peuvent-ils aimer ou accepter une domination si peu ménagère de leur sang, de leur honneur, de leur repos, de leur fortune.

Où cette foi et cette docilité extraordinaires conduisent-elles la France et la société moderne ?

II.

La Révolution française.

Le 5 mai 1789, l'un des descendants et des successeurs de Louis XIV, après avoir convoqué les Etats généraux, écartés depuis longtemps de l'administration des affaires publiques, s'exprimait ainsi, dans son discours d'ouverture de ces mêmes Etats :

« Une inquiétude générale, un désir exagéré d'innova-
» tions se sont emparés des esprits et finiraient par égarer
» totalement les opinions, si on ne se hâtait de les fixer par
» une réunion d'avis sages et modérés.

» ...... Les esprits sont dans l'agitation, mais une assem-
» blée de représentants de la nation n'écoutera sans doute
» que les conseils de la sagesse et de la prudence. Vous
» avez jugé vous-mêmes qu'on s'en est écarté dans plusieurs
» occasions récentes ; mais l'esprit dominant de vos déli-
» bérations répondra aux véritables sentiments d'une na-
» tion généreuse, et dont l'amour pour ses rois a toujours
» fait le caractère distinctif. »

Quelques mois avant ce discours, les princes de la famille royale de France avaient exprimé, dans un Mémoire au Roi, quelle était la nature des craintes que « l'agitation des esprits, » les doctrines répandues dans les diverses classes de la société française et certains événements faisaient concevoir. « Sire, » disaient-ils, « l'Etat est en péril ; votre
» personne est respectée ; les vertus du monarque lui assu-
» rent les hommages de la nation ; mais, Sire, une révolu-
» tion se prépare dans les principes du gouvernement ; elle
» est amenée par la fermentation des esprits. Des institu-
» tions réputées sacrées, et par lesquelles cette monarchie

» a prospéré pendant tant de siècles, sont converties en » questions problématiques, ou même décriées comme » des injustices..... Tout prouve un système d'insubordi- » nation raisonnée et le mépris des lois de l'Etat.

» Qui peut dire où s'arrêtera la témérité des opinions? » Les droits du trône ont été mis en question; les droits » des deux premiers ordres de l'Etat divisent les opinions; » bientôt les droits de propriété seront attaqués, l'inégalité » des fortunes sera présentée comme un objet de ré- » forme.

» C'est de ces nouveaux systèmes, c'est du projet de » changer les droits et les lois, qu'est sortie la prétention » qu'ont annoncée quelques corps du Tiers-Etat, d'obtenir » pour cet ordre deux suffrages aux Etats généraux; tandis » que chacun des deux premiers ordres continueraient à » n'en avoir qu'un....... Il a été exposé à Votre Majesté » combien il est important de conserver la seule forme de » convocation des Etats généraux, qui soit constitution- » nelle, la forme consacrée par la loi et par les usages, la » distinction des ordres, le droit de délibérer séparément, » l'égalité des voix, les bases inaltérables de la Monarchie » française.

» Les princes soussignés.... ne peuvent dissimuler l'effroi » que leur inspirerait pour l'Etat, le succès des prétentions » du Tiers-Etat et les funestes conséquences de la Révolu- » tion proposée dans la Constitution. Ils y découvrent un » triste avenir; ils y voient *chaque roi changeant, suivant* » *ses vues et ses affections, le droit de la nation;.... Chaque* » *ordre suivant le temps oppresseur ou opprimé; la Con-* » *stitution corrompue ou vacillante;* la nation *toujours* di- » visée, et, *dès lors, toujours faible et malheureuse.* »

On ne pouvait présumer avec plus de sagacité quelles seraient et la Révolution dont la France était menacée et les conséquences nécessaires de cette Révolution. Les princes ajoutaient que les droits des deux premiers ordres de l'Etat, « non moins anciens que la monarchie, devaient

» être aussi inaltérables que sa Constitution. » Ils insistaient surtout, au nom de leur premier titre de gentilshom-» mes, sur les droits de « cette brave, antique et respec-» table noblesse qui avait versé tant de sang pour la patrie » et pour ses rois, qui plaça Hugues Capet sur le trône, » qui arracha le sceptre de la main des Anglais pour le » rendre à Charles VII, et qui sut affermir la couronne sur » l'auteur de la branche régnante. »

Enfin les princes adressaient cet avertissement au Tiers-Etat : « Que le Tiers-Etat prévoie quelle pourrait être, en » dernière analyse, le résultat de l'infraction des droits du » clergé et de la noblesse, et le fruit de la confusion des » ordres.

» Par une suite des lois générales qui régissent toutes » les constitutions politiques, il *faudrait que la Monarchie* » *française dégénérât en despotisme ou devînt une démo-* » *cratie, deux genres de révolution opposés, mais tous deux* » *funestes.* »

Les conseils des Princes de l'illustre famille, qui présidait avec tant d'intelligence depuis si longtemps aux destinées de la France, ne furent pas écoutés. Une « effervescence et un désir d'innovations » extraordinaires possédaient en effet la plupart des Français des classes agissantes, et ces sentiments passionnés, malheureusement délivrés de tout obstacle, allaient produire une des révolutions les plus étonnantes dont l'histoire fasse mention.

Le protestantisme, en introduisant dans le monde la doctrine du libre examen et en faisant dépendre des croyants le symbole de leur foi, avait porté les esprits à faire dépendre la loi du justiciable et le pouvoir du sujet. L'homme, après s'être arrogé le droit de déterminer en dehors de la révélation divine ce qu'il lui plaisait de croire, pouvait-il ne pas vouloir déterminer aussi les lois qu'il lui plairait de subir? Déjà sous Louis XIV, on voit Bossuet lutter contre cette proposition : « Que les peuples sont les maîtres de leur sou-» veraineté ; qu'ils l'ôtent ou la donnent à qui bon leur sem-

» ble. » Déjà apparaissait la singulière doctrine qui, concevant deux parties nécessairement opposées là où la raison n'avait vu jusque-là qu'une nation et le gouvernement destiné à accomplir et à conserver son unité, prétendait constituer le pouvoir par une convention entre deux personnalités essentiellement distinctes et déclarées *à priori* hostiles l'une à l'autre. « Il est, disait-on, contre la raison qu'un » peuple se livre à un souverain, sans quelque pacte. »

Plus tard, cette théorie devenait célèbre sous le nom de Contrat social. Son succès provint de ce que l'opinion des classes élevées de la société française commençait à être séduite par cette hypothèse décevante : *Que la souveraineté réside dans ceux mêmes qu'elle doit maintenir dans la justice et dans l'ordre.* Il est si doux, quand on a toujours été soumis et dirigé, de se dire qu'on sera désormais gouverné sans gouvernement, et que l'autorité sera constituée de façon à ne jamais commander au sujet que ce qui lui agrée, sous peine de disparaître pour faire place à un pouvoir plus complaisant ! Après un siècle d'expériences malheureuses cette utopie de l'orgueil humain est encore vivante ; elle règne et gouverne les choses modernes, comment dès lors s'étonner de sa puissance à son début ? Elle suffit pour renverser le trône de soixante Rois, et pour changer d'une manière méconnaissable l'esprit et les sentiments des Français. Quelques jours après cette séance du 5 mai, où Louis XVI exprimait à la fois ses craintes et sa confiance dans l'amour de ses sujets, les actes les plus légitimes du pouvoir royal étaient présentés comme des usurpations du despotisme et comme la violation des droits de la nation ; l'un des ordres de l'Etat, se déclarant le représentant exclusif du peuple français, préludait à la destruction de la constitution existante par la confusion en lui des deux premiers ordres et plaçait, en face de l'autorité du Roi, l'autorité rivale d'une assemblée.

Les nations, composées d'hommes sujets à l'erreur et enclins naturellement au mal, sont saisies à certaines époques de leur existence par de véritables maladies intellectuelles et morales, analogues aux épidémies physiques. C'est l'infirmité de la nature humaine qui s'affirme, dans l'ordre intellectuel, par le désordre dans les idées et par le trouble dans la vie sociale comme elle s'affirme, dans l'ordre physique, par la désorganisation et par la destruction de la vie matérielle. Les hommes se lassent quelquefois du désordre, mais il leur arrive aussi d'éprouver le dégoût de l'ordre et de la paix. La contrainte résultant du règne des lois les fatigue à la longue : ils se prennent à aspirer à l'indépendance et à se plaire dans la révolte, lorsqu'ils n'éprouvent plus les résultats fâcheux occasionnés par l'émancipation complète de leur nature pervertie. Les idées les plus étranges avaient ainsi pénétré dans l'intelligence des Français du XVIIIe siècle, malgré la sécurité profonde et la prospérité que leur assuraient les mœurs chrétiennes, jointes aux institutions séculaires de la monarchie.

Cependant les Français voulaient autre chose. « Il n'y en avait pas un, » dit un auteur du temps, qui ne « désirât quelque changement » dans le gouvernement et dans l'état social. Des lettrés orgueilleux et incompétents, ligués avec des ambitieux et des mécontents pris dans tous les ordres de l'Etat, avaient profité de quelques abus pour attaquer les lois et les coutumes séculaires de la France. Ils avaient acquis par là, au milieu d'une société légère et désœuvrée, une importance déplacée, en échafaudant théoriquement les mondes nouveaux que les imaginations surexcitées cherchaient à se figurer pour remplacer l'ancien. « Tout auteur, » disaient les Princes de France, « s'érige en législa-
» teur; l'éloquence ou l'art d'écrire, même dépourvu d'étu-
» des, de connaissances et d'expériences semblent des titres
» suffisants pour régler la constitution des empires. Qui-
» conque avance une proposition hardie, quiconque propose
» de changer les lois est sûr d'avoir des lecteurs et des sec-
» tateurs. »

Enfin la révolte des provinces anglaises de l'Amérique;

le spectacle d'un peuple qui semblait s'être constitué en dehors de toutes les idées reçues; les rapports exagérés des nobles aventuriers qui avaient participé à la guerre d'émancipation et assisté à cette naissance d'un nouveau-monde, tout se réunissait pour exalter l'imagination des Français et pour les pousser à suivre cet exemple. C'était à qui propagerait, à la Cour et à la Ville, « les principes de la liberté » américaine, qui était une manie comme le Mesmérisme » et les ballons. » Clergé, noblesse, parlements, bourgeoisie, tous les Français étaient séduits et excités contre leur vieille constitution par une sorte de fureur utopique. Chacun d'eux, se transformant en juge souverain et en législateur, s'arrogeait le droit, en vertu d'hypothèses philosophiques et littéraires au moins contestables, de s'attaquer à l'édifice vénérable des institutions, des coutumes, des libertés nationales, élevé assises par assises pendant quatorze siècles d'expériences et de progrès continus, par la sagesse des princes, des hommes d'Etat et des corps constitués de la nation.

Il n'y a pas de société humaine sans abus, et la société française en contenait sans doute.

Le dépouillement des cahiers des trois ordres prouve que la volonté de détruire ces abus était générale, et la suite des faits indique que les Français, qu'on aurait pu croire intéressés à leur persistance, étaient les plus ardents pour les faire disparaître; mais il n'est pas une société, quelque savamment construite qu'on la suppose, qui pourrait résister à une critique intéressée et sans mesure de toutes ses lois. Aussi l'idée de provoquer officiellement cette critique, et le dessein d'entreprendre une réforme générale et instantanée des institutions de la France, témoignait-elle d'une incapacité et d'une inexpérience politique rares. L'entreprise est téméraire en tous temps; elle était insensée sous un roi faible et débonnaire, et à une époque où, comme le dit un auteur contemporain, « l'effervescence et l'exaltation » extrêmes de tous les esprits ne permettaient pas de tou-

» cher à cet antique édifice sans le renverser de fond en » comble. » Dès que les représentants des classes diverses ainsi surexcitées eurent été imprudemment rassemblés et abandonnés, sans obstacle de la part de l'autorité royale, à leur agitation inquiète, ils s'élevèrent contre ce qui existait, assaillant par des actes irréfléchis, tumultueux et usurpateurs, tout ce qu'ils pouvaient atteindre. Mirabeau lui-même était effrayé à la vue de tant « d'inexpérience et d'exaltation, » et il prévoyait des « commotions terribles. »

M. de Maistre appelle quelque part les Français « un peuple impétueux et terrible, » et, en effet, pour cette nation, qui veut si facilement être sans frein dans ses aspirations généreuses comme dans ses passions du moment, il semble qu'opposer la réflexion à l'entraînement, l'expérience à l'utopie, la modération à l'exaltation, la raison à la folie, c'est aller contre un droit absolu et nécessaire, qu'elle aurait de changer à sa fantaisie, sans plan et sans limites préétablies par la sagesse et par la justice, son gouvernement, ses lois, son organisation sociale et la nature elle-même. Elle croirait être timide et trop scrupuleuse en procédant avec mesure et en respectant les droits acquis; ses hommes d'État trouvent plus original et plus grandiose de faire tomber toutes les digues que de contenir et de diriger le courant : ils n'ont pas le sens de la résistance raisonnée et patiente qu'impose à la conscience un vif sentiment du juste (1), et ils s'en remettent volontiers au hasard ou à la Providence de ce qui résultera des mouvements irréfléchis et passionnés, auxquels les Français jugent à propos de céder.

Le mouvement de 1789 ne fut donc pas un acte de réforme sérieusement étudié, sagement dirigé et mûrement accom-

(1) « Ils veulent être libres, » disait Burke, « et ils ne veulent pas être justes. »

pli. La société française fut saisie dans un tourbillon irrésistible et emporté vers l'inconnu, au milieu d'une sorte de délire de destruction, où les démolisseurs entraînés, les uns par des sentiments généreux, les autres par des passions perverses, ne s'inquiétaient ni des intérêts permanents du pays, ni des droits d'autrui, ni des leurs propres. On vit des membres du clergé donner les premiers l'exemple de la désobéissance aux ordres du roi et de la violation de la Constitution, en se réunissant au Tiers-Etat ; la noblesse abandonner les prérogatives qui lui avaient été confiées pour le bien de la société française ; le Tiers fouler aux pieds le droit national, en consommant la confusion des Ordres et en usurpant la direction exclusive des destinées de la France. Tous ensemble, enfin, dans une nuit célèbre, bouleversèrent sans mandat et sans droit le régime de la propriété territoriale, et anéantirent en quelques heures les créances et les titres de milliers de Français.

Un élan aussi impétueux et aussi inconsidéré devait produire la prédominance et l'anarchie, et une atteinte considérable à la civilisation française, si un pouvoir fort et modérateur ne centralisait pas la résistance des intérêts réels et durables, menacés par les entreprises de l'idéologie politique, coalisée avec les ambitieux et les partisans naturels du désordre. Le rôle de modérateur, armé du droit et de la force nationale, appartenait légitimement au roi. Après la disparition de la plupart des grandes institutions, la royauté restait seule debout : elle avait le devoir de maintenir l'identité de la nation et la perpétuité de ses traditions, afin de sauvegarder les intérêts divers des citoyens et l'avenir du pays. « Je suis le garant naturel de vos droits, » disait avec justesse Louis XVI ; mais son intelligence et son énergie n'étaient malheureusement pas à la hauteur de la mission qu'il apercevait.

Ce prince, gagné lui-même aux idées régnantes, ne comprenait pas assez que le pouvoir royal était la dernière assise de l'Etat français, mise à découvert par la ruine de toutes les autres. Les auteurs du temps le représentent atteint de la manie générale, méditant « un code complet » de législation ;..... en ayant les matériaux en son cabi- » net ; » mais voulant opérer cette réforme « sans secousse » violente, » par suite d'une sorte de « dictature morale, » qui lui serait concédée par la « confiance de ses peuples » (Peltier, *Histoire du 10 août*, I, p. 69). Sa répugnance pour les moyens de répression était invincible. Quand on lit les livres de la fin du XVIIIe siècle, on voit revenir sans cesse les mots *sensible, sensibilité.* Louis XVI était atteint de cette sensiblerie à la mode. Il ne pouvait échapper à la crise et arracher la France à l'anarchie sans tirer l'épée, mais il ne put s'y décider : « Quelque plan qu'il adoptât, il » commençait la guerre civile, et cette seule idée le faisait » frémir ; son cœur *sensible* ne pouvait se prêter à l'effu- » sion du sang » (Id. ibid.).

Hélas ! l'infortuné monarque ne savait pas que parmi les perturbateurs du repos des Etats, il y a, à côté de ceux qui se révoltent étourdiment ou par ambition, les partisans systématiques du désordre ; les hommes qui l'aiment pour lui-même, parce qu'il leur permet de se livrer à tous leurs penchants détestables. Ces êtres sans patrie, sans affection, sans honneur, sans humanité, ne sont apaisés par aucune concession, ni touchés par aucun bienfait. Tant qu'ils n'ont pas détruit l'organisation sociale opposée à leurs déprédations, ils ne sont pas satisfaits ; et ils sont secondés activement dans cette œuvre par les ambitieux, qui espèrent profiter de la lassitude et des angoisses entretenues par l'anarchie, pour s'emparer du pouvoir. Or, la force et la crainte de châtiments impitoyables peuvent seuls arrêter les entreprises de ces hommes, et, les rois qui se refusent à employer ces moyens, deviennent forcément les jouets et les victimes des passions hostiles à la civilisation. Alors le sang de quelques intrigants ou de quelques malfaiteurs publics n'est pas versé légalement par la justice nationale, mais le sol de la patrie est inondé, par la méchanceté humaine, du sang des hommes les plus vertueux, les plus savants et les plus utiles.

Les rois sont armés de l'épée pour éviter aux peuples ces grands cataclysmes, où leurs destinées risquent de s'engloutir dans les douleurs et dans la honte. Il y a loin de ce prince indécis et doux, sous lequel le « système d'insubor- » dination raisonné et le mépris des lois » allaient grandir et déborder, à son aïeul Henri IV, qui mettait au nombre de ses droits *le droit canon*, et qui arrêtait, en gagnant des batailles, les intrigues étrangères et les luttes intestines du XVIe siècle. Quand on entend le malheureux Louis XVI dire au duc de Luxembourg : « Je suis prêt à tous les sacrifices ; » je ne veux pas qu'il périsse un seul homme pour une » querelle, » on pense involontairement à la chanson du temps :

> Les Rois se croyant un abus,
> Ne voudront plus l'être.

La suite des événements devait prouver surabondamment que ce n'était pas la querelle du roi Louis, seizième du nom, qui s'agitait, mais la cause de la France et de l'humanité tout entière pour de longues années.

C'est l'ère des princes sans foi en eux-mêmes, sans confiance en la souveraineté placée au-dessus et au delà du peuple qui commence. Par suite de cette incertitude et de cette faiblesse, « *l'esprit de nouveauté* » *devint la Révolution*, et le jour arriva où les factieux enhardis, osèrent s'écrier : « Quelle est cette insultante dictature ! l'appareil » des armes, la violation du temple national, pour vous » commander d'être heureux ! Qui vous fait ce commande- » ment ? Votre mandataire ! Qui vous donne des lois impé- » rieuses ? Votre mandataire ; lui qui doit les recevoir de » vous et de nous, Messieurs, qui sommes revêtus d'un » sacerdoce politique et inviolable : de nous enfin, de qui » seuls vingt-cinq millions d'hommes attendent un bonheur

» certain, parce qu'il doit être consenti, donné et reçu » par tous ! » (Discours de Mirabeau.)

Le mouvement qui agite les Français et qui les porte à satisfaire leur volonté actuelle sans contrainte, s'exprime par un principe nouveau, le principe de la souveraineté du peuple. Le peuple est souverain, soit effectivement par lui-même, soit par ses représentants. Dans ce dernier cas, il investit sa fidèle image d'un « sacerdoce inviolable » et du pouvoir de légiférer indéfiniment sur tous les sujets, même sur ceux qui sembleraient être réglés par la justice immuable et éternelle. Le roi, n'est plus qu'un mandataire révocable, chargé d'exécuter les volontés du peuple ou celles de ses représentants, obligé de leur rendre compte et résigné à devenir leur justiciable.

Telle est la manière dont la Révolution française se présente dans l'histoire. Une nation, possédée « d'espérances » chimériques, » en proie à « l'effervescence et à l'exalta- » tion, » emportée par un mouvement « aussi universel » qu'irréfléchi vers un nouvel ordre de choses, » prétend être absolument libre de suivre cet entraînement, sans se laisser arrêter par aucune considération ni par aucune force. Elle n'a pas une idée nette ni pratique de ce qu'elle veut : les systèmes les plus divers surgissent dans les cerveaux ; tous s'étalent à la fois devant son imagination enfiévrée. Lequel adoptera-t-elle, pour réaliser le « bonheur consenti, » donné et reçu ? » Au milieu de l'incertitude et du trouble que ce mirage de félicité excite chez elle, ce qui lui paraît le plus urgent, c'est de faire la place nette au paradis terrestre qui s'avance. Culte, institutions, lois, propriétés, libertés, tout doit céder le terrain. Les Français qui ne sont pas éblouis ou affolés sont des ennemis de son bonheur ; elle les proscrit ou les pend à la lanterne, pour éclairer le monde plongé dans les ténèbres de l'absolutisme et de la superstition.

Si un peuple ennemi de la nationalité française l'eût envahi, conquis, saccagé, qu'eût-il fait de plus ? C'est là cependant le traitement que le peuple souverain s'inflige à lui-même.

Il apparaît ainsi comme une réunion d'êtres agissant en dehors des règles de la raison, et dignes d'une sévère répression plutôt que de la liberté absolue de la souveraineté: la royauté surtout lui semble odieuse; il la hait, parce qu'il sent que le roi est fait pour l'empêcher d'être maître de ses destinées à ce point.

Ce n'est pas tout en effet que de proclamer la souveraineté du peuple. Ce principe posé implique fatalement cette question redoutable : Qui sera le peuple? Le peuple, sera-ce les riches ou sera-ce les pauvres? Sera-ce les grands ou sera-ce les petits? Sera-ce les intelligents ou sera-ce les brutes? Pourquoi les uns seront-ils le peuple plutôt que les autres? Cependant, puisque le peuple est souverain, et qu'il a le droit de tout faire pour s'emparer de tout, il est facile de comprendre que chaque fraction de la nation voudra être, à elle seule, le peuple. Les pauvres s'efforceront de devenir le peuple souverain afin de s'emparer du bien des riches; les petits afin d'humilier les grands; les grands afin de contenir les petits; les intelligents afin d'exploiter le reste des hommes; les brutes afin de tout détruire.

La sagesse de nos ancêtres et de nos princes avait coordonné les diverses classes créées par les aptitudes diverses et par les intérêts divers. Les Ordres délibéraient à la fois sur leurs intérêts particuliers et sur les intérêts généraux, et vivaient entre eux comme vivent les êtres raisonnables, au moyen de lois et de transactions équitables, sous le haut patronage de la royauté. Mais cette hiérarchie, puisée dans la nature même des choses et dont les formes allaient en s'adoucissant sans cesse, était condamnée, à la fin du XVIIIe siècle, par l'esprit d'égalité (1) que répandait

(1) La noblesse elle-même blâmait et méprisait ses prérogatives. « Les » principes nouveaux, » dit un auteur du temps, « si séduisants pour les

une « philosophie revêche et superficielle... » (M. Renan). « La jalousie résume toute la théorie morale » des hommes qui allaient faire passer cette philosophie dans les lois françaises, et qui trouvaient plus conforme à la raison et à la justice de confondre que d'ordonner, de susciter l'antagonisme des classes que de les unir, d'organiser un vaste et incessant combat au sein de la nation que de la pacifier.

Ce combat a pour but de trancher cette question : Où est le peuple souverain? Grâces aux péripéties perpétuelles de la lutte, le peuple souverain est tantôt ici et tantôt là. Il est dans le Tiers-Etat, il est dans l'assemblée des représentants; il est parmi les massacreurs de Foulon et de Berthier; il est à Versailles, au 5 et 6 octobre; il est aux Tuileries, le 10 août; au club des Jacobins, à la Commune de Paris. La conséquence logique de cette mobilité c'est que la souveraineté n'est nulle part: ce qui revient à dire que l'anarchie domine la société française. Les membres de l'Assemblée soi-disant nationale peuvent bien se décorer d'un « sacerdoce politique inviolable » et prétendre au pouvoir suprême, mais la puissance du principe fondamental de la Révolution les oblige à s'incliner honteusement devant le peuple souverain des tribunes, devant le peuple souverain des clubs et de la Commune, devant le peuple souverain qui porte des têtes au bout des piques.

Les actes de ces ignobles despotes, accomplis au nom de la nation française *et de sa souveraineté*, allaient imprimer un stigmate d'abaissement particulier à cette société naguère si respectée et si florissante. Le seul objet capable d'unir

---

» âmes ardentes et généreuses, avaient avili et rendu ridicules dans » l'esprit d'une partie de la noblesse, les prérogatives et les droits sur » lesquels était fondée son existence... » Le comte d'Entraigues publia (1789) une brochure où il « flétrissait la noblesse héréditaire, » et la représentait comme « le présent le plus funeste que le ciel irrité eût fait » aux hommes. » Il célèbre les bienfaits des républiques.

les divers peuples souverains, qui se transmettaient au milieu du sang et de la boue le droit de méconnaître les lois divines et humaines, c'était la haine contre l'ennemi commun, la Royauté, et contre tous les Français qui demeuraient attachés à l'ancienne Constitution de leur pays. Tous sentaient qu'ils n'auraient pas réalisé leur idéal de désordre en permanence, tant qu'ils ne se seraient pas défaits de l'illustre famille qui avait exercé jusque-là avec tant d'énergie et d'éclat la souveraineté de l'Etat français. Grâce au prestige qui environnait encore la maison de France et la couronne (1), la lutte fut relativement longue et les révolutionnaires durent faire passer préalablement la monarchie sous les fourches caudines du régime constitutionnel, afin de lui faire perdre la considération et l'amour qui l'élevaient encore si haut dans l'esprit et dans le cœur des Français. Louis XVI et bon nombre de ses sujets honnêtes prirent naïvement au sérieux ce « pacte, » à la mode du jour, entre le peuple souverain et le fonctionnaire que l'on appelait encore le Roi. Ni les uns ni les autres ne voyaient que la Constitution était un terrain choisi et préparé à dessein (2), sur lequel le timide mandataire devait nécessairement entrer en conflit avec son

---

(1) En 1792, les journaux royalistes ou modérés étaient encore trois fois plus nombreux que les journaux révolutionnaires. Les pièces de théâtre réactionnaires étaient très-suivies et applaudies. Mais aucune force publique ne soutenait et ne dirigeait ce mouvement de résistance au courant. Au contraire, un système d'abaissement continuel de la royauté était poursuivi sans obstacle. Un jour, les Représentants du peuple supprimaient les titres de Sire et de Majesté; le lendemain, ils exigeaient que le Roi et le Président de l'Assemblée fussent assis au même rang, sur un fauteuil semblable. Puis ils enlevaient au Roi le droit de faire grâce, dissolvaient la garde constitutionnelle, et préparaient ainsi le jour où le peuple souverain de l'émeute coifferait du bonnet rouge la tête royale que la guillotine devait faire tomber !

(2) On sait que ce « pacte » fut unilatéral, l'Assemblée nationale ayant refusé de consulter le Roi et ne lui ayant laissé que l'alternative d'accepter ou de refuser la Constitution.

supérieur et son maître, la Nation. « A la veille du naufrage » qui le menaçait, Louis XVI s'attache à son serment de » mourir la Constitution à la main. Elle ne le quitte plus; » elle est sur la table de son conseil, elle est sous ses yeux en » se levant; il l'étudie encore la nuit. Il en sait par cœur les » sections, les titres, les chapitres (1). »

Vains labeurs! Le « mandataire » est condamné d'avance, parce que son ancien titre de Roi porte ombrage au nouveau souverain et le gêne. Brissot avouera plus tard que les factieux dans l'Assemblée et hors de l'Assemblée, s'étaient entendus pour rendre l'exécution du « pacte » impossible. Tous les ennemis de la royauté coalisés dénonçaient sans cesse à « l'envi les trahisons du pouvoir exécutif, » et les fourberies de « M. Véto. » C'était vainement que Louis XVI et les ministres, interprétant le texte de la Constitution dans le sens raisonnable, se défendaient de la violer; les divers peuples souverains l'interprétaient dans un autre et citaient à la barre leur justiciable, jusqu'au jour où ils prononcèrent collectivement sa déchéance.

Le 10 août, la monarchie française, écrasée par la Révolution, fut forcée de venir s'incliner devant son vainqueur et de chercher un refuge chez l'un des peuples souverains, afin qu'il la préservât de la fureur des autres. Entassé avec les membres de la famille dans une des tribunes de l'Assemblée législative, le malheureux Roi s'écria: « Je suis venu ici » pour éviter un grand crime qui allait se commettre, et je » pense que je ne saurais être plus en sûreté qu'au milieu de vous, Messieurs. » En suivant de la loge du Logographe les péripéties lamentables de la destruction de la monarchie, le successeur de tant de Rois ne trouva à faire que cette observation caractéristique: « tout cela n'est pas trop consti» tutionnel! »

Pendant ce temps, deux cent neuf gentilshommes « armés

(1) Peltier, *Histoire du 10 août.*

» de cannes, de vieilles épées, de couteaux de chasse, de » sabres sans fourreau » réprésentaient seuls, auprès de la monarchie agonisante « cette brave antique et respectable » noblesse qui avait versé tant de sang pour la patrie et pour » ses Rois; qui plaça Hugues Capet sur le trône, qui arra- » cha le sceptre de la main des Anglais pour le rendre à » Charles VII et sut affermir la couronne sur la tête de » Henri IV. » Dignes fils de leurs aïeux, ces quelques braves surent encore donner leur sang pour la Royauté. Quant au clergé et aux magistrats de l'ordre judiciaire ou administratif, ils allaient remplir les prisons et porter leur tête sur l'échafaud, parce que le Tiers-Etat avait résolu d'inaugurer son empire en « décatholicisant la France, » et en « changeant les propriétaires. »

Les iniquités humaines s'enchaînent et se multiplient les unes par les autres. Louis XVI avait cru « éviter un grand crime » à cette nation affolée, c'est-à-dire souveraine, en dérobant ses jours et ceux de sa famille aux brigands du 10 août, mais son terrible rival n'entendait pas lui laisser la vie, et le crime ne devait être que plus solennel et que plus épouvantable, puisqu'il devait élever, après un procès dans lequel la Révolution serait juge et partie, l'échafaud où périraient du même coup, et le Roi régnant et la société formée, agrandie, illustrée par quatorze siècles de monarchie.

Le meurtre de Louis XVI a arraché à un philosophe révolutionnaire d'éloquents reproches. « Aucune nation, » dit M. Renan (*Réforme intellectuelle et morale de la France*, p. 250), « n'a jamais créé une légende plus complète que celle » de cette grande royauté capétienne, sorte de religion, née » à Saint-Denis, consacrée à Reims par le concert des évê- » ques, ayant ses rites, sa liturgie, son ampoule sacrée, » son oriflamme. A toute nationalité correspond une dynas- » tie en laquelle s'incarnent le génie et les intérêts de la » nation;.....

» Jamais cette identification ne fut aussi parfaite qu'en- » tre la maison Capétienne et la France. Ce fut plus qu'une

» royauté, ce fut un sacerdoce ; prêtre-roi comme David, le » Roi de France porte la chape et tient l'épée...... son type » le plus parfait est un Roi canonisé, saint Louis ; si pur, si » humble, si simple et si fort. Il a ses adorateurs mystiques: » la bonne Jeanne d'Arc ne le sépare pas de saint Michel et de » sainte Catherine ; cette pauvre fille vécut à la lettre de la » légende de Reims. Légende incomparable! fable sainte! » C'est le vulgaire couteau destiné à faire tomber la tête des » criminels qu'on lève contre elle ! Le meurtre du 21 jan» vier est, au point de vue de l'idéaliste, l'acte de matéria» lisme le plus hideux, la plus honteuse profession qu'on ait » jamais faite d'ingratitude et de bassesse, de roturière » vilenie et d'oubli du passé. »

Sunt Lacrymæ rerum! Les plus grandes choses de ce monde sont sujettes à la loi commune de la destruction. Le 21 janvier 1793 vit tomber pour toujours en France le pouvoir souverain *placé au-dessus et au delà du peuple ;* le pouvoir aimé, révéré et fort que nos pères, sans se croire pour cela des esclaves, appelaient des noms sacrés de « Souverain » légitime, » de « Seigneur naturel et ordonné de Dieu. » La vieille monarchie des Francs, son principe et sa constitution séculaire avaient vécu !

III.

La Révolution modérée.

Il n'y a pas de Société ni de nation sans un pouvoir propre à comprimer et à détruire les passions mauvaises qui tendent, à chaque instant, à anéantir la vie sociale et à livrer la patrie aux attaques de l'étranger. Bossuet fait ressortir l'avantage pour un peuple de « trouver le souverain » pouvoir tout fait, » et de « n'avoir pas à remonter un si » grand ressort. » La sagesse de nos Rois et de nos pères avait consacré cette vérité politique par une loi nationale, et la France avait trouvé dans l'hérédité du pouvoir la paix, l'agrandissement et la puissance.

Machiavel admire la constitution française et déclare qu'elle est de toutes celles qu'il connaît, la plus convenablement disposée pour perpétuer le pouvoir, en le tempérant par des lois. Mais « l'esprit de nouveauté » qui possédait les Français, à la fin du XVIIIe siècle, devait s'attaquer tout d'abord à la loi fondamentale de l'Etat. Il voulait renverser la Constitution tout entière, et le moyen le plus sûr d'atteindre ce but, c'était de commencer par en détruire le pivot, qui était la stabilité de la souveraineté aux mains d'une famille, liée à toutes les épreuves et à toutes les grandeurs de la patrie. Nous avons vu comment un mouvement inconsidéré et croissant d'exaltation politique avait consommé solennellement, par un crime public, la rupture du peuple français avec l'institution qui avait fait sa grandeur, et comment il l'avait remplacée par un principe d'instabilité systématique dans la dévolution du pouvoir. La souveraineté du peuple, devenue la directrice des destinées de la France, avait en conséquence fait passer le gouvernement de mains en mains, sans qu'on pût apercevoir de bornes possibles à cette promiscuité.

Grâce à cet anéantissement du droit national des Français, la Révolution qui « se préparait dans les principes du » gouvernement » a réussi. La plupart des prévisions, émises par les princes de la maison de France dans leur adresse au Roi Louis XVI, se sont réalisées ; « des institutions, réputées sacrées et par lesquelles la monarchie avait prospéré pendant des siècles, » ont disparu comme « des questions problématiques, » ou comme « des injustices avérées : » Un système « d'insubordination raisonnée » et indéfinie est devenu le mobile des volontés, sous le nom de souveraineté de la raison, et le principe nouveau de gouvernement, s'exerçant tantôt par des assemblées, tantôt par des tribuns audacieux, tantôt par l'intervention directe du peuple, n'a rien respecté.

De même qu'un entrepreneur de démolition distribue entre divers groupes d'ouvriers son travail de destruction, ainsi l'esprit révolutionnaire avait dévolu à chaque fraction du peuple souverain, c'est-à-dire à une sorte d'anarchie légale et dévorante, le soin de renverser une portion de l'édifice séculaire de la Constitution française. La destruction totale s'ensuivit promptement : les « droits et les lois » furent « changés » suivant les vues des représentants successifs et de plus en plus abaissés du peuple souverain, et ces changements passionnés n'eurent pas d'autre intérêt que celui de procurer à la catégorie victorieuse le moyen d'exercer le despotisme le plus effréné sur les catégories vaincues. Bientôt, de chutes en chutes, le nouveau pouvoir en vint à attaquer les « droits de propriété » eux-mêmes. « L'inégalité des fortunes fut présentée comme un objet de réforme, » et les biens des particuliers furent mis au pillage. Chacun de ces attentats contre les prérogatives humaines occasionna des hécatombes d'hommes : tous les Français suspects d'être attachés à la monarchie, au clergé, à la noblesse, à la religion, à la propriété, à la vertu furent immolés sans pitié.

A cette période de folie sanguinaire succédèrent des jours de lassitude et de dégoût, où le pouvoir, tombé dans des mains corrompues, était si faible que les mêmes convulsions honteuses et sauvages menaçaient à chaque instant de reparaître. Mais, pendant que Babeuf essayait de ressusciter la forme anarchique et communiste de la souveraineté du peuple, les succès militaires de Bonaparte préparaient la reconstitution du système de la délégation de la souveraineté populaire à un homme, prince, ou tribun, ou général d'armée.

Un peuple ne peut subsister dans un désordre permanent, et si l'orgueil ou les convoitises peuvent l'abuser quelque temps sur la valeur de sa souveraineté directe, dès qu'il est convaincu qu'elle est le synonyme de l'anarchie endémique, il aspire à en être délivré. Seulement, comme la logique des principes domine toujours les faits humains, lorsque le peuple souverain, investi du droit absolu de faire ce qu'il veut et comme il le veut, choisit un réprésentant exact de ses prérogatives, il fait par cela même de ce représentant un maître absolu de ses destinées, pourvu du droit de « décréter ce que » bon lui semble, d'en ordonner l'exécution et d'appliquer » la force nationale à ce qu'il en soit ainsi. » Le Consulat, puis l'empire de Napoléon Bonaparte furent « le couronne- » ment de la démocratie dans son élu. » Suivant l'antique formule du césarisme, l'empereur des Français fut « *la loi même, la loi vivante,* » et ainsi s'accomplit la dernière partie des prévisions des Princes de la maison de France : « La monarchie, devenue une démocratie » par la confusion des ordres, « dégénéra en despotisme. »

Napoléon Ier fut donc l'organisateur d'une réaction révolutionnaire contre les tendances anarchiques et totalement destructrices de la Révolution.

Cet homme, d'une intelligence extraordinaire, comprit que les principes puisés dans la réforme protestante et dans l'idéologie des encyclopédistes, étaient un danger pour une société et qu'ils ne pouvaient régner longtemps sur elle sans la détruire. Cependant, comme il avait la prétention de fonder une nouvelle dynastie, il pensa qu'il était de son intérêt de conserver jusqu'à un certain point des idées auxquelles il se croyait redevable du trône. Au lieu d'accomplir la mission que la Providence semblait lui avoir donnée, de ramener la France aux conditions normales de la vie des peuples ; au lieu de comprendre qu'il était de son intérêt et de celui du pays de chercher un appui dans les principes opposés à ceux qui avaient amené les bouleversements dont il avait été le témoin, Bonaparte s'imagina qu'il lui serait utile de continuer le mouvement révolutionnaire, tout en comprimant par la force les éléments de désordre en tous genres. Ayant ainsi admis qu'il y avait des choses raisonnables dans les idées de la Révolution, il prétendit les établir en se préservant des déraisonnables par un pouvoir sans limites.

Napoléon Ier organisa en France ce qu'on peut appeler la Révolution modérée, mais il posa forcément le despotisme comme la condition inévitable du nouveau régime, *parce que c'est par lui seulement qu'il peut échapper à l'anarchie que ses principes engendrent naturellement.*

C'est à Napoléon Ier que nous devons ce mode de gouvernement qui, tout en prétendant être ami de l'ordre, n'a su que mettre le pouvoir au service de la Révolution, tromper et démoraliser la partie saine et conservatrice de la nation et établir les institutions et les mœurs les plus dissolvantes, au moyen d'un absolutisme auprès duquel ceux de Louis XI et de Louis XIV n'étaient que des expédients anodins de gouvernement. Aujourd'hui, il n'est plus possible de faire des Bonaparte des princes conservateurs. Leur rôle a été de « sauver » la Révolution, de la répandre, de la fortifier et de la pousser dans le monde. Napoléon Ier la força à prendre des allures raisonnables ; il lui évita le « naufrage » que ses folies et ses excès amenaient nécessairement, et il « personnifia les besoins nouveaux (1) » qu'elle avait créés.

En même temps, en effet, que le dénoûment inattendu de la crise de 1789 liait inévitablement le pouvoir au despotisme, une classe s'était élevée qui acceptait l'intronisation du nouveau monarque, à la condition que celui-ci lui assurerait la prépondérance sur toutes les autres classes.

Les rois Capétiens avaient imprudemment laissé s'établir la puissance du Tiers-Etat, après avoir habilement utilisé l'action de cet ordre pour leur œuvre de pacification et d'unification de la France. Le Tiers-Etat profita de cette situation pour grandir outre mesure, et pour concevoir le dessein d'absorber en lui la nation tout entière. « Retran- » chez par la pensée, » disait en 1788 un de ses membres, » tous les gens d'Eglise ; retranchez même la noblesse, » vous aurez encore la nation. Le Tiers-Etat est une société » complète » (Rabaut-St-Etienne). Cette conception d'une société humaine était étroite comme l'égoïsme d'une caste, néanmoins cette idée contre nature domine le mouvement de 1789. « Les fautes des hommes de ce temps, » écrit un historien de l'époque (Bertrand de Molleville), « tenaient » toutes à l'esprit du temps, qui était de souscrire basse- » ment aux volontés du troisième ordre. » Cet esprit se formula nettement, et dans un écrit fameux où il était dit que le Tiers devait être tout, et dans les conclusions du conseil du Roi qui, en donnant la double représentation au Tiers, assura la prédominance d'une classe sur les destinées de la France.

Or, veut-on savoir de quels sentiments elle était animée ? « Le caractère des cahiers du Tiers-Etat en 1789, » dit M. de Ségur (Mémoires), « c'est qu'aucun de ses vœux ne

---

(1) « Napoléon Ier sauva la Révolution d'un naufrage inévitable et per- » sonnifia très-bien les besoins nouveaux. » — M. Renan, *Réforme intellectuelle et morale de la France*, p. 73.

» s'appuie sur un précédent de l'ancienne France. Tous » reconnaissent que le passé n'a rien à enseigner ni à léguer » au présent. Une nation obligée de renier son passé, voilà » le point de départ. » L'orgueil et l'égoïsme pouvaient-ils aller plus loin? Parce que le Tiers prétendait fonder une société nouvelle où il serait tout, rien ne devait y rappeler la société ancienne, où il n'avait eu que la troisième place! Religion, hiérarchie sociale, propriété, circonscriptions territoriales, constitution du pouvoir, esprit général de la nation, tout devait être jeté, au milieu d'une tourmente terrible, dans un moule nouveau, façonné par le Tiers-Etat et adapté à ses vues.

Aux entreprises dictées par le pur égoïsme de caste, se joignait l'influence d'une philosophie hostile au Christianisme, qui poursuivait, dans les institutions du « passé, » les inspirations et les œuvres de cette divine religion. De ce double esprit naquit un système de société qui, tout en répudiant l'athéisme, la souveraineté directe du peuple et le communisme pur, voulait enlever définitivement à la religion chrétienne, au clergé, à la noblesse, à la propriété, au spiritualisme, les prérogatives et l'influence dont ils jouissaient dans l'ancienne société, afin d'assurer le règne d'un scepticisme orgueilleux, d'un égalitarisme jaloux, et des intérêts commerciaux ou matériels, si chers à la bourgeoisie.

Ce système débute par la constitution civile du clergé, par la main-mise sur les biens de l'Eglise, par la suppression des associations religieuses et des corporations ouvrières, par l'abaissement du principe d'autorité, par la désorganisation de l'armée, de l'administration intérieure et de l'empire des lois. Tout cela s'accomplit délibérément sous l'action d'assemblées composées presque exclusivement de légistes et de bourgeois, jusqu'à ce que le système soit emporté par les désordres qui sont la conséquence inévitable de ses principes. Mais le Tiers-Etat, seul survivant au milieu de la tempête suscitée par lui, a bientôt reconnu Napoléon pour son « Sauveur, » pour son chef et pour l'organisateur de ses idées par la dictature (1). La Révolution avait commencé au cri de liberté ; elle continue en s'abritant sous le drapeau du despotisme, et la caste usurpatrice préside à ce revirement.

Il en sera souvent ainsi par la suite. Napoléon Ier ouvre la série des dictateurs chargés d'imposer le régime de 89 aux Français et au monde civilisé, avec la coopération intéressée des classes moyennes. Napoléon Ier concéda au Tiers-Etat l'abaissement du principe religieux et l'amoindrissement du Christianisme, la destruction de la noblesse, le fonctionnarisme bourgeois, le Code civil, la prédominance des intérêts secondaires et matériels. Le Tiers lui passa l'asservissement de la religion et des âmes, le Corps législatif muet, la centralisation, l'omnipotence et l'inviolabilité des fonctionnaires, le monopole universitaire, la conscription et le militarisme. Napoléon rétablit la Religion, mais en l'enchaînant par les articles organiques et par le salariat des prêtres ; il rétablit l'autorité, mais en la soumettant à la souveraineté du peuple ou à l'élection ; il rétablit l'ordre, mais en imposant à la France la centralisation et en ne laissant subsister qu'une hiérarchie dépendante et fictive ; il rétablit la famille et la propriété, mais en consacrant les lois du mariage civil, du divorce, du partage égal, des successions et les ventes nationales. L'instruction, l'administration des affaires publiques, la police devinrent le monopole de l'Etat.

Toutes ces créations du génie impérial représentent l'esprit de la Révolution à l'état insidieux et supportable. Leur caractère principal consiste en ce qu'elles continuent le mouvement par lequel la France s'était placée, depuis deux

---

(1) Lors du meurtre du duc d'Enghien, Napoléon s'écrie : » Ils veulent » détruire la Révolution en s'attaquant à ma personne. Je la défendrai ! » Car je suis la Révolution ! Moi ! Moi ! »

siècles, en dehors « de l'ancienne loi commune de l'Eu-» rope (1), » par la destruction progressive des institutions du droit féodal et chrétien. Ce qui n'avait été qu'une déviation irréfléchie et imprudente aux lois de la nature humaine transformée et perfectible par le Christianisme, devint un dessein prémédité d'imposer aux Français une religion, une autorité, une organisation, une famille, une propriété amoindries et portant en elles le germe de la dégénérescence absolue.

La Révolution ne pouvait attaquer encore ces choses de front chez la nation très-chrétienne; le régime impérial lui permit de le faire d'une manière détournée. « Rien de plus » injuste, dit M. Renan (*Réforme intellectuelle et morale de* » *la France*), que la haine avec laquelle l'école radicale » française traite l'œuvre de Napoléon. L'œuvre de Napo-» léon, si l'on excepte quelques erreurs qui furent person-» nelles à cet homme extraordinaire, n'est en somme que » le programme révolutionnaire réalisé en ses parties pos-» sibles. Napoléon n'eût pas existé, que la Constitution défi-» nitive de la République n'eût pas différé essentiellement » de la Constitution de l'an VIII. »

Ainsi fut établi en France, au XIXe siècle, un régime qui n'a d'analogie qu'avec le césarisme romain, et qui, restaurant, en dépit des conquêtes de l'Evangile, le domaine souverain du prince ou de l'Etat sur la Religion, sur les âmes, sur les intelligences, sur la propriété, sur les personnes, faisait, au nom du progrès et de la liberté, reculer la nation française jusqu'aux temps les plus honteux du paganisme.

(1) M. Tocqueville, l'*Ancien Régime et la Révolution*.

IV.

La Révolution bourgeoise.

Napoléon porta dans tout le monde civilisé, avec les entreprises démesurées de sa propre ambition, les nouveautés et les fureurs de l'esprit révolutionnaire. L'Europe, fatiguée de ce joug, fit un effort surhumain pour se délivrer et y réussit : la France avait payé du sang de ses fils, de ses trésors jetés au vent, de son intelligence gaspillée dans la guerre et de sa liberté, la prérogative d'établir et de répandre, par la dictature et par la dévastation, les principes de la Révolution modérée.

M. de Maistre dit quelque part (*Du Pape*, p. 325) : « Le » repos est le supplice de l'Européen, et ce caractère con- » traste merveilleusement avec l'immobilité orientale... La » politique surtout n'a cessé d'exercer le génie innovateur » des enfants audacieux de Japhet. Dans l'inquiète défiance » qui les tient sans cesse en garde contre la souveraineté, il » y a beaucoup d'orgueil, sans doute, mais il y a aussi une » juste conscience de leur dignité. » Les Français, débarrassés par les événements de 1814-1815, du gouvernement de Napoléon, se tournèrent donc naturellement vers la liberté.

Avec la Restauration, d'autres hommes étaient arrivés au pouvoir, mélangés malheureusement avec d'anciens démagogues, parvenus aux emplois publics sous l'Empire, et qui s'y cramponnaient avec la ténacité qui les caractérise. Chez les premiers, il y avait une tendance à renverser les lois et les institutions nouvelles ; chez les seconds, il y avait un désir opiniâtre de les maintenir, afin de conduire plus loin un mouvement qui commençait à peine.

Alors s'ouvre la lutte entre les royalistes et les libéraux. Les uns, prévoyant par les maux infligés à la France ceux que la continuation de la Révolution lui ferait encore subir, voulaient préserver leur pays de ce danger; les autres, tremblant pour leur projet de séparer la société du Christianisme, pour le principe de la souveraineté du peuple et pour la domination de la bourgeoisie, défendaient les œuvres révolutionnaires et la Constitution sur laquelle l'Empire les avait établies.

Napoléon est si bien l'organisateur de cette société hybride, qui veut être religieuse sans religion sérieuse et respectée, autoritaire sans autorité immuable et réelle, égalitaire avec des priviléges, libérale sans liberté, spiritualiste sans respect pour les droits de l'esprit, qu'il est réhabilité alors par ce qu'on appelle le parti libéral et qu'il devient l'objet d'une sorte de culte. A quelques années de distance de son règne, cet homme qui fut l'un des oppresseurs les plus délibérés de l'âme et de l'intelligence humaines et qui exécuta sur le corps de la France la saignée la plus cruelle et la plus débilitante, cet homme, dis-je, est transformé en un amant passionné de la liberté et de l'humanité.

Tout s'explique, quand on comprend qu'il s'agissait seulement de la liberté de la Révolution. Il fallait exploiter la passion des Français pour la gloire militaire, afin de les pousser contre un gouvernement honnête et doux, que l'on croyait capable de les ramener définitivement à Dieu, à l'autorité, à l'ordre, à la raison, en abolissant le régime impérial ou césarien.

Malheureusement, cette capacité n'existait pas. Les princes de la Maison de Bourbon n'avaient plus ces qualités d'intelligence et d'énergie, par lesquelles leurs ancêtres avaient compris et imprimé, à plusieurs autres époques, la direction la plus sage et la plus utile au pays. Comme tant d'autres, ils avaient été séduits par la facilité que la machine impériale donnait au pouvoir et ils l'avaient conservée. Ils n'y avaient changé que deux rouages : Le Corps législatif muet était devenu Parlement; le Sénat conservateur avait été fait héréditaire.

La Chambre des pairs n'eut pas le temps de prendre le rôle qui lui appartenait : la première modification fut la seule importante, parce que, bien plus que l'article 14 de la Charte, elle posait la question sur laquelle le conflit devait éclater entre le droit populaire et l'autorité royale, entre la Révolution et le régime indispensable au salut et à l'avenir de la France.

Quand une société est assez égarée par son imagination, pour décréter que chaque citoyen est juge de la loi qu'il doit subir, et qu'il a le droit de se dégager d'un prétendu contrat social toutes les fois qu'il lui plaît de méconnaître les conditions essentielles de toute association, elle livre forcément sa destinée à tous les caprices de l'égoïsme des individus ou des masses, parce que ce mobile malfaisant tend à anéantir chez elle tout ce qui est destiné à durer plus que lui. Il n'est plus possible que la société subsiste, si la force n'arrête pas à chaque instant par une répression prompte, énergique et constante, la tendance de tant de personnalités souveraines à nier les droits de la société et à tendre à l'anarchie. C'est pourquoi Napoléon s'était déclaré le représentant suprême et tout-puissant de la souveraineté du peuple. Il voulait contre-balancer ce principe anarchique en dirigeant, par une religion et une éducation d'Etat, par la main-mise sur la famille, sur la propriété, sur l'administration et sur l'armée, les diverses manifestations de la vie nationale et individuelle.

En établissant la participation des assemblées au gouvernement et à la législation, la Restauration enleva à la machine impériale son rouage essentiel, le gouvernement absolu. Pendant les Cent-Jours, Napoléon ne cessa de maugréer contre cette innovation, qui fut, en effet, pour lui un embarras cruel; car, en vertu du pouvoir qui leur avait été donné dans l'espoir de faire renaître la liberté politique, les membres des assemblées délibérantes n'eurent plus qu'un but, celui de reprendre la souveraineté au représentant couronné du peuple, afin de la posséder exclusivement et de se rapprocher de l'idéal, c'est-à-dire, de la négation de tout gouvernement distinct du pouvoir purement populaire.

De même que l'homme atteint de folie obéit forcément aux indications générales de la raison, tant qu'il est soumis au régime de la maison d'aliénés, mais reprend ses allures désordonnées dès qu'il est livré de nouveau à ses idées et à ses volontés malades, ainsi la nation possédée par l'esprit révolutionnaire revient invariablement au désordre pur et simple, lorsqu'elle n'est plus contenue par le despotisme. Tous les hommes qui ont assisté aux dernières années de la Restauration conviennent que le mouvement insensé d'hostilité excité par les déclamations des Chambres, par la presse, par les sociétés secrètes, par les innombrables agissements de la classe moyenne avaient rendu inévitable la révolution qui allait renverser le gouvernement auquel la France devait la liberté, l'honneur, la prospérité, pour la rejeter dans une ère indéfinie de bouleversements et de hontes (1).

On vit alors l'antique loyauté française périr sous l'impulsion des passions révolutionnaires, et la duplicité devenir un élément décisif de la vie publique.

Depuis cette époque, des hommes d'Etat ont cru pouvoir rester honorables, en abusant de la considération dont ils jouissent pour mentir avec cynisme dans l'intérêt de leur parti ou de leur ambition. Les libéraux d'alors se vantèrent

---

(1) M. de Bonald, dans le *Conservateur* (VI, p. 105 et 113), dit du système de la Restauration : « Les institutions sont beaucoup trop démocrati- » ques... L'on a écarté les royalistes et l'on a appelé les hommes à opi- » nions démocratiques. Un adjoint de village s'oppose de son chef aux » actes les plus solennels du culte religieux... *On veut un peu de reli-* » *gion, un peu de royauté, un peu de justice, un peu de fidélité; pas* » *trop de tout cela...* »

de violer leurs serments, de jouer « la comédie en étour» dissant par leurs protestations d'amour » le monarque dont ils méditaient la ruine, et qui n'avait qu'un tort, celui de croire qu'il régnait encore sur des Francs.

C'est en vertu de ces mobiles peu honorables et peu féconds, que s'accomplit la Révolution de 1830. Seulement, comme l'agitation suscitée par elle n'existait guère qu'à Paris et parmi les classes dirigeantes, le mouvement sembla s'apaiser dès que les volontés rebelles eurent conquis ce qu'elles voulaient. Par suite de leur victoire, un roi voltairien et fils de régicide monta sur le trône de France; le principe de la souveraineté du peuple triompha par l'élection d'un roi; les classes moyennes accaparèrent complétement les fonctions, les honneurs, la prépondérance politique; les préoccupations de la nation se concentrèrent définitivement dans les intérêts industriels, et si l'esprit de liberté reçut un dédommagement apparent par la Charte et par le pouvoir des assemblées, les principales conquêtes du despotisme révolutionnaire furent consolidées à jamais au moyen du pouvoir personnel du roi Louis-Philippe, qui était le représentant de la souveraineté du peuple bourgeois (1) et chargé par lui de la faire respecter.

De même que le Tiers-Etat avait accepté et servi le despotisme impérial parce qu'il consacrait ses aspirations vers la domination, ainsi la bourgeoisie de 1830 investit le roi Louis-Philippe d'une sorte de dictature, qui avait pour but de continuer à écarter par des lois arbitraires l'influence du Christianisme de la vie nationale, de maintenir l'éducation païenne de l'Université, de sauvegarder le principe de la souveraineté du peuple, et surtout de constituer cette pré-

---

(1) « Louis-Philippe, » dit Lacordaire (Testament), « ne vit jamais » dans la nation que la bourgeoisie qui lui avait donné la couronne, et » il demeura fidèle aux préjugés et aux passions dont la victoire aurait » dû l'affranchir... »

tendue égalité qui se traduisait par l'établissement d'un privilége au profit des classes moyennes. Par contre, elle renversa la branche aînée des Bourbons, parce que la Révolution soupçonna cette famille de vouloir rendre à la Religion la liberté et ses droits, de vouloir placer le principe d'autorité au-dessus des maladies intellectuelles et morales de certaines générations, et de prétendre reconstituer une hiérarchie en donnant aux intérêts élevés de conservation et de vie sociale une juste prépondérance sur les intérêts matériels.

Les institutions parlementaires ou constitutionnelles qu'on avait cru emprunter à l'Angleterre, tout en repoussant le système aristocratique et fortement conservateur qui les soutient, ne furent qu'un masque sous lequel l'historien reconnaît la domination d'une caste qui, par le cens électoral, par les fonctions et par les offices publics, par l'exclusion de la partie la plus morale et la plus élevée de la nation, et par la centralisation, était maîtresse de la presse, des assemblées, du gouvernement. Sous ce prétendu régime de liberté et d'égalité, tout l'arsenal des interdictions et des appels comme d'abus imaginé par le despotisme fut employé contre l'Eglise; les attaques contre le Christianisme furent soudoyées et l'esprit de révolution soigneusement entretenu partout; les attentats politiques, émeutes, vols, meurtres, rentrèrent dans les mœurs et devinrent un titre à la faveur et aux emplois publics; ce fut un moyen usuel de faire son chemin dans le monde. Enfin, pendant que les écoles de l'Etat formaient des générations hostiles aux principes de liberté et d'ordre introduits dans le monde par l'Evangile, des Français, pour soustraire leurs enfants à cette éducation sceptique et antichrétienne, furent condamnés à les expatrier et à demander pendant dix-huit ans la liberté d'enseignement.

Mais le résultat le plus grave de la Révolution de 1830 fut la scission qu'elle opéra dans le parti conservateur. « L'ancienne noblesse française, une grande partie du

» clergé et une partie notable de la grande propriété territoriale, arrachées par leurs ressentiments à leurs intérêts » conservateurs, considérèrent désormais les embarras et » les périls de la couronne comme une sorte de vengeance » du ciel, que leur devoir aussi bien que leurs inclinations » était de seconder (Prévost-Paradol, *La France nouvelle*, » p. 317). » Les forces anarchiques eurent ainsi des auxiliaires inattendus parmi ceux qui auraient dû être les plus fermes appuis de l'autorité. Leur abstention seule était un danger ; mais quelle force la Révolution ne devait-elle pas acquérir, quand elle parvint à réunir, dans une même guerre contre le pouvoir et la société, ses sectaires et les défenseurs-nés du trône et de l'autel ?

En attendant que cette alliance déplorable produisît des fruits de désordre, le régime établi par Napoléon Ier acquit, par le mouvement de 1830, le pouvoir d'introduire définitivement l'esprit de la Révolution dans la vie et dans les mœurs des Français. La Restauration avait fait espérer une réforme dans le sens des principes qui président à la vie des peuples ordonnés et libres ; le régime de Juillet détruisit toutes ces espérances. Louis-Philippe était si bien le continuateur par le parlementarisme de l'Empire démocratique, qu'il trouva tout simple d'aller chercher bien loin les cendres de l'empereur Napoléon, afin qu'elles présidassent au régime de Juillet. Les restes du César révolutionnaire, ramenés pompeusement de Sainte-Hélène, reposèrent enfin sur « les rives de la Seine, au milieu de ce peuple français » qu'il avait tant aimé. »

V.

La Révolution socialiste.

Un publiciste décrit en ces termes l'aspect général de la nation française après 1830 : « Il s'était opéré alors dans » l'état moral et social de la France, une sorte de change- » ment subit, assez analogue à ces modifications brusques » de température que produit le coucher du soleil sous le » ciel du Midi... Ce qui avait diminué sensiblement et sans » retour, c'était le sentiment de la sécurité générale et je » ne sais quelle dignité grave qui régnait encore dans les » luttes de la politique, dans les débats de la presse et » dans les relations sociales (M. Prévost-Paradol, *France* » *nouvelle*). » On sentait instinctivement que la société française, au lieu de se réformer, avait perdu de nouveau des garanties de stabilité et qu'elle marchait vers un avenir de discordes civiles et de désastres.

1830, en effet, au lieu de terminer la Révolution, n'avait fait qu'introduire une de ses phases nouvelles et plus dangereuses.

« Toute organisation sociale implique, dit un philosophe » de ce temps (M. Renan, *Réforme intellectuelle et morale* » *de la France*), des catégories entières de sacrifiés, des » gens qui doivent se résigner à une vie triste, sans espoir » d'amélioration. » Or, pour supporter cette existence pénible, il faut que les patients soient contenus par une idée ou par le force. Il est facile, sans doute, de dire à ceux qui travaillent et qui souffrent, que la société et la civilisation ne peuvent pas se passer de leur travail et de leurs souffrances ; il est moins aisé de les empêcher de chercher à se soustraire à ce sort malheureux, la société et la civilisation dussent-elles périr par leur révolte.

Les sociétés païennes qui ne possédaient pas d'idée propre à obtenir « la résignation » des sacrifiés, » avaient essayé de combler cette lacune au moyen des lois impitoyables de l'esclavage. La servitude pesait sur des « catégories entières » d'hommes, et les obligeait à mener à perpétuité la « vie triste » et « sans espoir d'amélioration » à laquelle la nature semble condamner une partie des hommes. Le Christianisme, en élevant une civilisation nouvelle sur la divinisation de la souffrance ou de la croix, en reliant les hommes entre eux par la charité, et en plaçant leur véritable destinée dans un monde supérieur, permit à l'humanité tout entière de vivre en société, sans avoir besoin de l'esclavage. Mais, en même temps, il condamna à des convulsions terribles et sans fin le peuple assez inintelligent et assez ingrat pour ne point voir qu'il est impossible à une nation moderne de garder la paix intérieure et les avantages de la civilisation, sans le respect et sans la pratique du Christianisme, parce qu'elle ne peut plus *ni rétablir l'esclavage, ni trouver, en dehors de la religion de Jésus crucifié, des raisonnements suffisants pour contenir le peuple des « sacrifiés. »*

La classe qui s'empara de la France en 1830 ne se doutait pas de ces vérités. Tout entière à sa victoire et aux jouissances de son amour-propre, elle s'imagina que l'homme n'est au monde que pour oublier l'éternité et que pour jouir du présent. Elle ne pensa pas un seul instant qu'il existait au-dessous d'elle des masses d'hommes exposés plus particulièrement aux sacrifices qu'exige la vie en société, et qui au nom même des principes qu'elle préférait, devaient logiquement se demander un jour si leur « vie triste » était réellement « sans espoir d'amélioration. »

Croire que la Révolution allait s'arrêter dans l'oasis libérale du régime parlementaire, était un rêve d'enfant. L'on s'aperçut bientôt, aux émeutes qui troublèrent à chaque instant le régime bourgeois, que l'esprit révolutionnaire n'avait pas dit son dernier mot. Les classes moyennes, en s'at-

tachant au scepticisme antichrétien et en décrétant que les lois naturelles et sociales dépendaient uniquement de la raison et de la volonté humaines, suscitèrent dans l'esprit et dans le cœur des Français de nouvelles et irrésistibles aspirations. « Tout ce qui avait autrefois germé dans le sens
» de la vie future dans l'âme populaire, dit un publiciste
» prolétaire, fut presque complétement étouffé par un pro-
» digieux développement d'aspirations ayant pour but ex-
» clusif les choses de ce monde. L'espérance de la *terrestre*
» *rédemption morale, intellectuelle et physique* du genre
» humain devint la croyance dominante, le refuge habituel
» où s'élança l'âme poussée par les misères et par les décep-
» tions de la vie réelle (M. Corbon). » L'idée des économistes du XVIIIe siècle, que la société est mal ordonnée et qu'il faut la réformer sans cesse pour l'améliorer, s'éleva naturellement à son tour dans le cœur des hommes intelligents des classes inférieures. Exploitée fructueusement, en 1789, par les lettrés et par les ambitieux du Tiers-Etat, elle devint encore l'instrument des fils de la bourgeoisie déclassée par leurs vices et par leurs convoitises. Le progrès désigné par la logique des idées aux recherches des réformateurs modernes fut nécessairement le dessein d'étendre au plus grand nombre les jouissances matérielles, et la Révolution sociale s'élança dans le monde sur les traces oubliées des Marat et des Babeuf.

En 1848, elle apparaît désordonnée et sanglante aux yeux effarés des doctrinaires et des libéraux. Ces hommes bornés s'imaginaient que leur oligarchie voltairienne, parlementaire et industrialiste était l'idéal de l'organisation d'une société et ils furent fort étonnés de se réveiller en pleine guerre sociale (1).

---

(1) Voici ce que M. Cuvillier-Fleury dit de M. Guizot, l'homme le plus éminent du régime bourgeois : « Un jour, ce ministre *qui voyait si loin* » *devant lui*, s'est trouvé en face d'une révolution qu'*il n'avait pas prévue*,

Que pouvaient-ils répondre cependant aux ouvriers, chez lesquels ils avaient détruit par l'enseignement et surtout par l'exemple, la foi à la vérité et aux sacrifices chrétiens, lorsqu'ils s'écriaient : « Si la terre est le seul séjour de l'homme pourquoi souffrons-nous plus que vous ? Pourquoi, à vous les honneurs et les plaisirs; à nous, les fatigues et les douleurs? O vous qui gouvernez la société française, vous avez sans doute des motifs raisonnables et justes pour la constituer ainsi. Si cela est, donnez-nous ces motifs : nous les apprécierons en vertu de la souveraineté de notre raison. Mais s'ils ne nous paraissent ni bons ni justes, souffrez que nous le disions et que nous travaillions nous-mêmes à organiser à notre tour la société selon la justice, c'est-à-dire en dehors de vos intérêts de caste et pour notre bonheur.

» Les principes que vous nous avez enseignés et pour lesquels nous avons combattu avec vous, ne peuvent autoriser quelques citoyens à maintenir dans la misère et dans l'abjection la plus grande partie du peuple, afin de s'attribuer exclusivement la jouissance des biens qui sont la seule consolation et le seul espoir de l'humanité. »

C'est en présence de ces aspirations et de ces attaques, que les fortes têtes du bourgeoisisme imaginèrent ces opuscules où ils cherchaient à démontrer que Dieu, la famille, le capital, la liberté étaient des choses essentielles et dont l'homme ne peut se passer sans risquer de devenir insociable. Il était bien temps vraiment ! O hommes de peu de philosophie et de jugement, c'était pendant le règne de Juillet, alors que vous démolissiez à l'envi la religion, alors que vous vous glorifiiez de douter de tout, que vous donniez l'exemple du mépris de l'autorité et que vous éleviez des générations ha-

---

» et il a échoué devant *la fatalité*, cette aveugle auxiliaire des partis. » ..... La fatalité perdit tout. M. Guizot, *condamné par elle*, se voua sans » retour à la retraite » (20 sept. 1874). Quelle philosophie politique ! Et comme elle peint bien les hommes de ce temps.

bituées comme vous à ne plus croire et à ne rien respecter, c'est alors, dis-je, qu'il fallait réfléchir aux conséquences logiques de vos actes. Ou bien, si vous n'étiez pas capables de ces déductions d'une prévoyance politique élémentaire, il ne fallait pas déclarer que vous seuls aviez le droit de présider aux destinées de votre pays, ni vous empresser d'exclure de ses affaires des catégories d'hommes plus désintéressés et plus capables que vous.

L'imprévoyance et l'ineptie politique des classes moyennes, en s'obstinant à *continuer la Révolution*, avaient donc jeté la France dans un désordre tel, qu'il semblait ne pouvoir aboutir qu'à un bouleversement sanglant et redoutable. Déjà les chefs de la Révolution sociale annonçaient son triomphe en 1852, lorsqu'un événement vint dérouter leurs prévisions.

Napoléon Ier avait laissé un héritier qui s'était posé deux fois en prétendant, et qui, ayant étudié avec soin le rôle révolutionnaire de sa famille, avait conçu le dessein de le continuer en profitant des événements. Il s'agissait, dans des conjonctures analogues à celles où Napoléon Ier s'était emparé du pouvoir, de « sauver, » non plus la Révolution modérée et bourgeoise, mais la Révolution sociale, et de l'organiser de manière à préparer son avénement. Profitant avec habileté des divisions du parti conservateur, exploitant la crainte des bouleversements sociaux qui oppressaient tous les intérêts, Louis-Napoléon devint Napoléon III, et il apporta pour gage de sa mission socialiste l'abolition de la loi du 31 mai, ou le rétablissement du suffrage universel dans toute sa puissance de despotisme à la fois et d'anarchie. Les ouvriers parisiens comprirent (1) instinctivement que la Révolution sociale avait trouvé son organisateur, et pendant

(1) M. Jules Favre, dans une réunion politique, à la fin de l'Empire, disait aux délégués du prolétariat : « C'est vous, MM. les ouvriers, qui, » seuls, avez fait l'Empire : c'est à vous de le renverser seuls... »

que les demeurants du régime bourgeois étaient conduits à Mazas et à Vincennes, les prolétaires couronnèrent le César de leur choix.

Napoléon III, en effet, en observant l'histoire des Français, avait cru remarquer que la dynastie des Capétiens s'était élevée en s'appuyant sur le Tiers-Etat. Il raisonna donc par analogie : les prétentions des masses prolétaires, établies sur le suffrage universel, lui parurent constituer une force d'une puissance irrésistible, si elle était dirigée avec intelligence, et il conçut le dessein d'établir la dynastie des Napoléon en s'appuyant sur les classes ouvrières.

L'observation était inexacte. Lorsque les Capétiens soutinrent le mouvement communal, ce n'était pas par condescendance pour la jalousie du Tiers-Etat envers la noblesse. Heureusement pour la France, ils ne poursuivaient pas l'idée de l'égalité : en favorisant l'établissement des Communes, ils voulaient simplement utiliser cette force qui s'élevait dans la nation, afin de contenir les empiétements injustes et dangereux pour l'intégrité de l'Etat, des grands feudataires. C'est en agissant ainsi que les Capétiens ont fait une nation une, hiérarchisée et puissante, dont l'unité, la paix intérieure et la grandeur ont été compromises lorsque, au lieu de s'arrêter dans cette politique quand elle avait produit des résultats légitimes et utiles, ces rois la poussèrent à l'excès, en souffrant que l'un des Ordres grandît aux dépens des autres et acquît une prépondérance dont il se servit pour bouleverser la nation.

Louis XVI porta la peine d'une faute dont il ne comprenait même pas la gravité, et si les Bonaparte avaient été de véritables fondateurs de dynastie, ils auraient vu qu'ils n'atteindraient pas leur but en tombant dans l'erreur qui avait contribué à perdre les Bourbons. Mais Napoléon III avait été élevé dans les préjugés révolutionnaires et matérialistes du XIXe siècle. Serviteur de « l'idée, » c'est-à-dire des desseins nouveaux de la Révolution, il voyait dans le prolétariat « la force » actuellement apparente, et reconnaissait dans le socialisme le progrès à réaliser. Il se crut donc prédestiné à régulariser l'avénement de l'un et de l'autre.

Les dangers de la société moderne étaient évidents, et les conclusions extrêmes que les socialistes tiraient des principes de 1789 montraient, encore plus qu'en 1800, *la nécessité d'employer le despotisme* pour empêcher la Révolution de périr au milieu des excès les plus révoltants. La société française, épuisée par les luttes de 1848 contre l'anarchie, accepta sans hésiter ce remède désespéré des nations chez lesquelles l'ordre moral n'existe pas ou n'existe plus. « On voulait avant tout l'ordre, » dit le rapporteur du sénatus-consulte de 1870 : il parut donc tout simple de déléguer la dictature à celui qui se présentait en *sauveur* du régime établi en 1789 et 1830, mais qui en définitive ne croyait pas avoir d'autre titre à son élévation que la mission de guider et de contenir la Révolution dans des voies nouvelles.

Longtemps le César socialiste dissimula ses projets sous des apparences conservatrices : la guerre d'Italie découvrit ses véritables tendances.

Le 14 janvier 1858, Napoléon III fut comme réveillé en sursaut, au milieu d'un rêve clérical et conservateur, par un attentat fameux qui lui rappela ses engagements. La Révolution lui avait signifié, par la main d'Orsini, que le temps était venu de mettre la dictature au service de « l'Idée, » en donnant le signal de l'attaque contre le Christianisme et la Papauté, en faisant descendre l'irréligion et le scepticisme dans le peuple, en y surexcitant les appétits matériels et en préparant des foules assez stupéfiées et assez perverties pour vouloir réaliser la « rédemption intellectuelle, morale et matérielle » de l'humanité par elle-même. Effectivement Napoléon rentra aussitôt dans son rôle de serviteur de la Révolution sociale. Il commença la guerre qui devait aboutir à la captivité de Pie IX, encouragea les agressions les plus violentes contre la Religion et l'Eglise, supprima la presse catholique, et, en même temps qu'il détruisait les associations propres à unir les hommes par la charité, soutint les sociétés révolutionnaires qui les divisaient par un antagonisme bestial. Pour complétér son œuvre, il promulgua les lois sur les grèves et sur les coalitions par lesquelles il légitimait et organisait la guerre entre les classes.

Il comptait effrayer ainsi la bourgeoisie et élever au-dessus d'elle le prolétariat, qu'il espérait dominer toujours lui-même par le suffrage universel et par les candidatures officielles. L'un des chefs de l'Internationale, le sieur Fribourg, raconte les négociations par lesquelles Napoléon III gagna les prolétaires parisiens. « Oublieux, dit-il, des » dangers qu'offre toujours un protectorat politique, ils » trouvèrent commode de s'en remettre au chef de l'Etat » du soin d'améliorer leur situation morale et matérielle. » Le « terrestre rédempteur » était trouvé. Les orphéons et sociétés de secours mutuels furent d'abord créés pour grouper les ouvriers.

L'idée d'une entente entre les « travailleurs » de tous pays avait germé à Paris. Le gouvernement impérial favorisa l'éclosion de cette idée et il en prépara l'application pratique. Louis Bonaparte prétendait former ainsi la « force ouvrière » qu'il opposerait à « la force bourgeoise. » Quelques hommes d'Etat de son entourage essayèrent en vain de lui faire comprendre les dangers d'une telle entreprise, mais ils durent céder « devant la volonté du chef de l'Etat, » qui envoya à Londres, aux frais de la nation, les délégations ouvrières auxquelles on doit l'organisation de cette misérable association.

Napoléon III ne réussit que trop dans ses projets de développer l'agitation prolétaire. Jointe à celle que la bourgeoisie libérale avait fomentée pour arriver au rétablissement du gouvernement parlementaire, elles étourdirent complétement l'utopiste impérial. Ce fut en vain que la « sagesse » du prince qui, étant maître de tout, ne voulait plus être » maître de rien (Rapport sur le sénatus-consulte de 1870), » essaya d'arrêter le mouvement en octroyant une charte.

Ce fut vainement aussi qu'il voulut conserver, au milieu des vieilleries constitutionnelles rajeunies, un article propre à sauvegarder le principe césarien, en vertu duquel l'empereur *était le représentant suprême de la souveraineté du peuple.* Malgré tout cela et malgré le plébiscite, au moment où la guerre éclata, Napoléon III n'avait plus devant lui que l'alternative de se faire le promoteur de la Révolution athée et matérialiste qu'il avait développée et organisée, ou de périr sous ses coups.

VI.

Le 4 Septembre.

L'esprit de la Révolution, après avoir été fixé par plusieurs régimes successifs dans les lois et dans les institutions des Français, devait passer peu à peu dans leurs mœurs, pénétrer leurs intelligences et leurs volontés, imprimer à leur caractère national une direction décisive, et se traduire dans leurs destinées par des accidents caractéristiques.

Longtemps les Français ont vécu sur cette idée, que la Révolution les avait introduits dans une sphère supérieure et préférable, et qu'ils étaient le peuple le plus intelligent, le plus en progrès, le plus puissant, le plus glorieux qu'il y eût sur la terre. Aussi les désastres et les décadences de 1870-1871 ont-ils prodigieusement étonné la plupart d'entre eux. Vivre au sein de ces *immortelles* institutions que « le » monde entier leur enviait, » et se réveiller sans hommes d'Etat, sans diplomates, sans administrateurs, sans généraux, sans officiers, sans soldats, sous les pieds de l'étranger et en proie à une décomposition sociale effrayante, c'était dur et passablement en désaccord avec les préjugés de grandeur dans lesquels ils avaient été nourris.

Quand un homme fortement constitué s'est livré à tous les désordres, il arrive un moment où son être s'affaisse sous les violations réitérées des lois qui maintenaient chez lui la santé. Tous les éléments de désorganisation accumulés sont déchaînés à la fois et se ruent sur lui, afin de faire prédominer la loi de la décomposition sur celle de la vie. Il en est de même pour les peuples. Les ruines et les hontes de ces tristes années ont été une atteinte sérieuse et redoutable, procurée à cette grande personnalité qu'on appelle la nation française, par un siècle d'abandon à tous les désordres destructeurs, engendrés par l'esprit révolutionnaire.

Jusque-là elle avait vécu dans une sorte d'ivresse, buvant sans cesse à la coupe, se relevant avec rapidité de ses catastrophes intimes et recommençant à se jouer des lois divines et humaines, au milieu d'une insouciance profonde pour l'ordre moral et d'une abondance extraordinaire de prospérités matérielles. Mais la secousse de 1870-1871 a eu un tout autre caractère. Ici plus de circonstances heureuses au milieu de l'anarchie morale; plus « d'hommes providentiels » pour mettre un terme aux désordres matériels. La France a été abandonnée pleinement aux conséquences de ses vices. L'évidence de ce délaissement frappe les yeux des moins clairvoyants (1), et pendant des mois longs comme des années, il n'est plus donné à ce malheureux pays d'autres enseignements que des maux irrémédiables et des humiliations croissantes.

L'histoire ne présente pas d'exemple d'un désarroi intellectuel, moral et matériel comparable à celui qui éclata dès que les premières défaites furent connues. Tout ce peuple, naguère si brillant et si fier, est dans l'abattement et dans la crainte. Les proclamations déclamatoires d'un gouvernement, épouvanté à la fois par les succès de l'ennemi extérieur et par la frayeur de l'ennemi intérieur, introduisent le trouble dans le dernier des hameaux, sans y apporter ni reconfort, ni espérances, ni mesures sérieuses pour la lutte.

---

(1) L'un des aides de camp de M. Gambetta, M. Fraycinet, n'a pu se défendre de cette impression : « Un ensemble de coïncidences malheu-
» reuses, dit-il, s'est donc joint à la faiblesse organique de la France
» pour déjouer tous ses efforts... On est tenté de se demander s'il n'y a
» pas eu quelque raison supérieure aux causes physiques, une sorte d'ex-
» piation de fautes nationales, ou un dur aiguillon pour un relèvement
» nécessaire. En présence de si prodigieuses infortunes, on ne s'étonne
» plus que les âmes religieuses aient pu dire : *Digitus Dei est hic* » (*La Guerre en Province*).

L'activité, mise en mouvement, se dépense en allées et venues perpétuelles. L'imagination s'exalte, mais l'intelligence et la volonté sont sans force et sans direction. On sent que le sol tremble chez ce peuple, et qu'il n'a plus d'assises intellectuelles et morales profondes, propres à devenir le centre d'une résistance éclairée et énergique. La Révolution, sous prétexte d'égalité, lui a enlevé cet élément grave, prudent, pesant et tenace, qui, attaché au sol de la patrie, est comme le rocher au milieu des sables mouvants et des vagues emportées de la démocratie.

Tout le monde léger et au jour le jour des écrivains de journaux et des lettrés bourgeois, agite ses effarements et ses utopies, pendant que des hommes politiques sans principes, sans convictions, sans expérience, que des événements subits et imprévus arrachent à leurs rêves et à leurs mesquines intrigues d'idéologie parlementaire ou républicaine, perdent complétement la tête en se trouvant aux prises avec les Bismark et les de Moltke, c'est-à-dire avec de véritables hommes d'Etat, sachant ce qu'ils veulent, ce qu'ils font et où ils vont.

Au milieu de ce peuple ahuri et désorganisé, s'agite la secte révolutionnaire, qui spécule sur la défaite des Français et qui la salue de ses honteuses acclamations, parce qu'elle espère voir renverser par elle le gouvernement établi dont elle a encore peur.

Telle est en effet la puissance du principe monarchique en ce pays, que les socialistes auxquels l'empire a livré la France, n'osent pas se ruer sur le gouvernement plébiscitaire, jusqu'au moment où l'empereur est battu et pris à Sedan. Mais, dès que le *représentant de la souveraineté du peuple* a disparu de l'arène, l'anarchie, qui est le véritable et légitime caractère de cette souveraineté, reprend le dessus et envahit la France. Ecoutons un témoin oculaire : il nous dira en quelles mains la Révolution remet, à certains moments, les destinées des peuples qui lui appartiennent.

Le Corps législatif de l'empire « délibérait, tandis que la » Révolution agissait. » Tout d'un coup, le peuple souverain fait irruption : « la Chambre est envahie par les hono- » rables de Belleville..... Ils chantent, ils crient, ils glous- » sent..... La tribune est occupée par treize orateurs à la » fois : tous gesticulant, tous hurlant. » Au milieu de ce tumulte, « M. Schneider se couvre et quitte son siége. » Deux *souverains* s'en emparent « et, pendant que l'un, » debout, agite si bien la sonnette qu'elle lui reste dans les » mains, l'autre, gravement assis au fauteuil, trempe son » doigt dans l'encre, et, sur une feuille de papier qu'il » montre au public, barbouille ces mots en gros caractè- » res : Vive la République ! »

Chez tout autre peuple, ces hordes infectes pour lesquelles il n'y a ni honneur, ni patrie, eussent été dispersées la baïonnette dans les reins, et force serait restée à l'intelligence, à l'expérience, à la raison dont l'empire était plus nécessaire que jamais. Mais, en France, ces hommes constituent si bien le peuple souverain, que « la majorité attend patiemment » leur intervention ; « que la garde nationale » fraternise avec eux ; » que, « du haut du grand escalier » de la chambre, » des députés appellent l'invasion, « ...Les » huissiers sont sommés d'ouvrir et, comme ils s'y refusent, » les postes de la garde nationale présentent eux-mêmes les » clefs (*Le Crime du 4 Septembre*, par M. Liégeard, député » au Corps législatif). »

Tel est le 4 septembre. D'attentats en attentats contre l'existence de notre pays, la Révolution en était arrivée à celui qui paraissait le plus odieux quand elle n'avait pas produit le 18 mars. Après avoir persuadé aux Français que les sénats et les chambres des pairs héréditaires sont des institutions hostiles aux progrès et à la liberté, cette puissance étrange faisait décider de leur sort par quelques coquins, et ne leur laissait pas d'autre expédient possible que l'anarchie socialiste, au moment où six cent mille étrangers envahissaient le sol de la patrie.

Si les événements avaient suivi l'impulsion imprimée par l'empire, la Commune eût été proclamée alors, et, pendant que les Prussiens s'emparaient des départements de l'est et du nord, les socialistes eussent mis à sac le reste de la France. Mais la Providence, dans le dessein de nous montrer ce que la Révolution avait fait de nous et de nous empêcher de la suivre jusqu'au bout dans ses entreprises, avait permis que la folie de notre élu impérial et plébiscitaire nous jetât dans des catastrophes assez redoutables et assez pressantes pour absorber toute l'attention et tous les efforts. Il était tristement curieux d'entendre alors les hommes des divers partis s'écrier : « Chassons d'abord l'étranger : nous réglerons ensuite les questions qui nous divisent. »

La guerre avec les Prussiens donna donc forcément une autre direction aux esprits et *écarta pour le moment la crise sociale.* Aux prises avec un ennemi impitoyable et puissant, avec tout un peuple raisonnable et organisé, le gouvernement du 4 septembre fut obligé de devenir le gouvernement de la défense nationale et de ne pas être tout à fait anarchiste, communiste et insensé. Il le fut encore assez cependant par ses propres tendances et par la force des choses. Tous ses membres, qui avaient conservé quelque raison et quelque sentiment d'amour pour leur pays, furent dominés par des circonstances absurdes ou criminelles. Ils avaient devant eux l'ennemi de la France, et par derrière, l'ennemi de la société : à chaque victoire des Prussiens correspondait ou un 31 octobre ou un 27 janvier des autres. A Paris, M. de Bismark donnait pour ainsi dire le signal des insurrections contre les défenseurs de la place. A Lyon, à Marseille, à Toulouse, la Commune s'efforçait de détacher la province de la patrie. Partout un affreux accord régnait entre les deux forces coalisées pour l'égorgement de la France.

L'esprit révolutionnaire avait acclimaté chez les Français la déraison, en même temps que le désordre. On croyait chez eux à la « légende de 1792, » à la levée en masse, aux généraux improvisés, aux « sorties torrentielles, » et, en même temps, on se défiait des meilleurs citoyens, traités de réactionnaires ; on appelait traîtres les généraux, les officiers, les soldats qui combattaient pour le pays, on comblait d'honneurs des aventuriers ridicules, on levait, on armait, on lançait contre un ennemi aguerri et victorieux des « troupes d'hommes armés » commandées par des avocats, par des journalistes, par des apothicaires. Quand on pense que cette manière d'aller en guerre était, non pas fortuite et forcée, mais raisonnée et systématique, on a peine à comprendre comment un peuple avait pu descendre à un degré de débilité intellectuelle aussi propre à le faire battre et écraser par son ennemi. Hélas! on peut se convaincre de nos jours que rien n'égale l'ineptie des peuples où les lois de la nature sont renversées, où les passions aveugles des foules dominent, et où la raison, à force d'avoir marché à rebours, ne sait plus de quel côté est le vrai.

Mais, pendant que la Révolution préparait ainsi la destruction de la France, on vit les éléments qui avaient constitué la force réelle de ce peuple à toutes les époques de son histoire, apparaître encore au milieu de cette faiblesse et de ce désarroi. Prédestinée à être la nation très-chrétienne, elle eut pour ses plus fermes défenseurs les Français chrétiens et conservateurs. La noblesse et la bourgeoisie catholiques donnèrent seules l'exemple de l'énergie morale et du dévouement : sans hésiter un instant, elles se précipitèrent, en entraînant tous ceux sur lesquels elles avaient conservé quelque influence, au secours de cette république socialiste qui méditait d'achever leur ruine et de leur enlever leurs libertés les plus chères. Derrière ce gouvernement justement odieux, elles apercevaient la France envahie et malheureuse, et leurs fils prodiguèrent leur sang pour la patrie avec d'autant plus de générosité, qu'au moment où ils souffraient et mouraient, les républicains libres-penseurs se conservaient précieusement pour les jours de la fraternité et de l'égalité communistes (1).

Les théories et les mœurs de ces hommes leur avaient en effet donné d'autres préoccupations que celles de l'avenir de leur pays. L'idée socialiste est hostile à celle de patrie, et la Révolution n'avait eu pour but, en s'emparant de la France, que de disposer de sa puissance par la dictature, et de la lancer sur l'Europe, afin d'y établir la république universelle antichrétienne et anarchiste. Garibaldi accourut pour se faire proclamer dictateur de cette aventure. Il s'imagina qu'il mettrait en fuite les Prussiens aussi facilement que les troupes du roi de Naples, et qu'il fondrait ensuite sur le monde civilisé, à la tête des armées françaises, acquises par la victoire à la Révolution cosmopolite (2).

L'avocat Gambetta prévint le *héros* italien et jusqu'au bout conserva le même espoir. Ce fut là le secret des ajournements indéfinis des élections et de la guerre à outrance ; il en coûtait à la Révolution de perdre le pouvoir despotique qu'elle chérit, et sur lequel elle appuie toujours ses projets de régénération universelle. Sous prétexte des dangers de la patrie, elle avait soumis la France à des milliers de dictateurs démagogiques, qui profitaient de leur pouvoir et des circonstances pour établir le socialisme par ses hommes,

---

(1) La fameuse dépêche du sous-préfet de St-Gaudens au sieur Duportal restera comme un témoignage des sentiments qui animaient les hommes du mouvement révolutionnaire, le 3 déc. 1870 : « Les fonctions de maires » et d'adjoints sont fort recherchées parce qu'elles exemptent du service » militaire ; c'est un de nos tourments. »

(2) Le comité italien, constitué à Marseille au 4 sept., disait : « L'importance de la légion garibaldienne dans la France républicaine est » d'un caractère à intéresser tout vrai républicain. C'est le premier pas » vers la *solidarité des peuples*, vers l'abolition de la tyrannie... » Il écrivait, plus tard, au journal *Fede et Arvenire* de Gênes : « Aidez-nous » dans la mission qui tend à l'alliance universelle de tous les peuples » républicains. »

par ses pratiques, par l'athéisme publiquement professé, par des écoles, par la violation des droits publics et privés. Se jouant des garanties dites libérales, elle avait balayé tous les élus du suffrage universel. Députés, conseillers généraux et municipaux, tout avait disparu au nom de l'arbitraire démocratique, appliqué plus que jamais à imposer aux Français l'athéisme légal, le mépris de l'autorité, de l'ordre, de la religion, des droits de l'homme. « Affermissez fortement votre dictature, » écrivait cyniquement l'un des tyrans subalternes intronisés par la Révolution sociale, au dictateur Gambetta : « *La France est affolée d'obéissance et d'asservissement!* »

Ainsi, au milieu des souffrances et des désastres accumulés par les principes révolutionnaires, ces principes s'affirmaient encore de manière à créer de nouvelles sources de maux et d'abaissements! Cependant une réaction devait se produire sous le coup des sinistres événements qui firent tomber successivement au pouvoir des Prussiens toutes les armées françaises et Paris. Tant de folies et d'attentats commis par le gouvernement du 4 septembre contre la France, contre la liberté, contre la société, avaient enfin soulevé toutes les consciences et tous les intérêts. C'est de ce mouvement national d'indignation et de repentir, que sortirent le vote du 8 février et l'Assemblée qui devint l'arbitre souverain des destinées de la France humiliée et châtiée.

L'élément honnête et conservateur respira et crut qu'il allait en finir avec son ennemi séculaire, la Révolution. Il semblait que les fureurs de ce mouvement hostile à l'humanité et à notre pays, s'étaient déchaînées d'une manière assez expressive pour que ses amants les plus passionnés et les plus abusés fussent convaincus qu'il est le mal et qu'aucun bien ne vient de lui. Mais les hommes qui pouvaient avoir cette pensée avaient compté sans le socialisme, et surtout sans les conservateurs libéraux.

—

VII.

Les Conservateurs libéraux.

Quand on se reporte au commencement de l'année 1871, on constate que l'esprit public semblait s'être transformé sous le coup des châtiments divins. Cette pauvre nation française qui, depuis si longtemps se perdait dans les discussions idéologiques, et consumait son activité dans des expériences politiques et sociales incessantes, avait été mise violemment en contact avec une nation pratique et ordonnée : mesurée par ce conflit à la mesure de la lutte et de l'adversité, elle s'était reconnue inférieure et privée des qualités qui permettent de résister à cette grande épreuve.

La guerre et la souffrance sont des éléments inévitables de la nature humaine, et un peuple doit être préparé à supporter vaillamment l'une et l'autre, s'il veut triompher dans un combat dont son existence est le prix. Mais la France avait été trop occupée des droits de l'homme, des subtilités du régime constitutionnel, des combats oratoires du parlementarisme, des ardeurs de la démocratie universelle, des rêves du socialisme, pour s'inquiéter, même après Sadowa, de l'organisation sérieuse de son armée, de la valeur de son artillerie, de la science de ses officiers, de l'énergie morale de ses citoyens, en un mot, de la force de résistance nécessaire pour défendre ces biens qu'on appelle religion, patrie, honneur, propriété, travail, contre l'action aggressive des ambitieux, des jaloux, des pillards sans cesse en activité et en quête, parmi les peuples comme parmi les hommes. On ne peut suffire à tout, et elle devait éprouver bientôt que les théories et les systèmes ne font pas la puissance des peuples ; que le droit d'insurrection, l'égalité, le bavardage politique, le sensualisme et l'irréligion sont des causes d'infériorité et non de puissance dans les luttes de la vie, auxquelles les nations sont soumises comme les individus.

Un moment donc, la France reconnut qu'elle était malade intellectuellement et moralement. Elle nomma la cause de ses maux par son nom, et désigna cette Révolution qui, depuis quatre-vingts ans et sous divers régimes, lui avait imposé, par la dictature, des lois, des institutions et des mœurs destructives des conditions normales de la vie des peuples. On entendit parler même de « la banqueroute de la Révolution, » et un mouvement instinctif de préservation sociale produisit, au 8 février, une Assemblée, qui fut en majorité religieuse, amie de l'autorité et de la liberté, de l'ordre moral et matériel, et propre dès lors à rendre aux Français les qualités qu'ils avaient perdues en modifiant leurs lois, leurs institutions, leurs mœurs.

Mais des modifications aussi radicales dans la manière d'être d'un peuple, ne peuvent s'opérer que par l'action d'un grand homme qui connaît le mal, qui le déteste, et qui applique le remède avec intelligence et avec une persévérante énergie. Une assemblée est incapable de comprendre assez le mal, de le haïr entièrement et surtout de le poursuivre avec courage et avec suite jusque dans ses derniers retranchements. La cause de cette incapacité est bien simple : c'est que les membres de cette assemblée, pris au milieu d'un peuple intellectuellement et moralement affecté, participent plus ou moins de la contagion commune et l'aiment toujours trop pour la combattre comme elle devrait être combattue. L'Assemblée nommée au 8 février ne pouvait donc attaquer la Révolution que sous l'impulsion d'un homme capable de s'élever au-dessus des idées révolutionnaires, et de les poursuivre comme le mal de son pays et de son temps. Mais cet homme ayant manqué, on devait voir se dégager peu à peu ce fait étrange, *qu'il n'y a pas, à vrai dire, en France, de parti conservateur.*

Certes, le peuple français qui voulait être sauvé et réhabilité, et qui avait choisi pour arriver à ce but les hommes les plus honorables et les plus intelligents qu'il connût, ne pouvait s'attendre à une pareille conclusion. Cependant les faits ont prouvé et prouvent de plus en plus, qu'il n'y a pas dans ce pays d'association sincère et forte d'un grand nombre d'hommes, unissant à un ensemble d'idées précises et communes des convictions inébranlables et une situation matérielle stable et sûre. Si l'on excepte un groupe restreint de catholiques ayant pour nourriture commune la vérité divine, pour loi inflexible les commandements de Dieu, pour terrain solide l'Eglise, la plupart des Français ne savent au juste ni ce qu'ils doivent croire, ni ce qu'ils doivent aimer, ni ce qu'il leur faut défendre au prix de leur fortune et de leur vie. En toutes choses, ils obéisssent au vent régnant, comme la feuille morte et détachée de l'arbre. Or, le vent régnant en France depuis 1789, c'est la Révolution. De là vient *qu'être conservateur pur et simple en ce pays, constitue quelque chose d'insolite et de fâcheux*, et que les conservateurs s'empressent d'ajouter à cette qualification celle de *libéral.*

Que signifie, en effet, cette adjonction propre au seul vocabulaire politique français ? Comment conserver ce qui est bon, sans liberté ? Les conservateurs ont plus que personne besoin d'être libres, et ajouter qu'ils sont libéraux, c'est ou ne rien dire ou dire quelque chose de plus.

Ce quelque chose, c'est cette étrange contradiction qui consiste à admettre que l'on peut conserver un peuple, une famille, son âme, sa propriété, sa liberté en reconnaissant à certains hommes le droit d'attaquer et de détruire ces choses essentielles. Les peuples auxquels la Révolution n'a pas fait perdre la raison, connaissent les conditions nécessaires auxquelles l'humanité se distingue de tout ce qui l'entoure et ne souffrent pas que personne les méconnaisse. Dès lors, il y a chez eux des conservateurs qui ne rougissent pas de ce simple titre, et pour lesquels il existe une liberté pernicieuse, sans droit, et proscrite, parce qu'elle est le fléau de l'espèce humaine et la destruction des biens qui lui sont propres.

En France, au contraire, la liberté est devenue le droit de tout faire. La passion du bouleversement indéfini s'est tellement emparée des Français, qu'être conservateur, c'est-à-dire trouver qu'il y a dans l'homme des choses fondamentales qui doivent être respectées et stables, c'est être rétrograde, suranné, condamné d'avance par l'esprit du temps, ou par cet ensemble de préjugés révolutionnaires qu'on appelle sentencieusement *l'opinion publique.* C'est pourquoi le conservateur français, pour pouvoir paraître décemment dans la vie politique et prétendre à quelque influence, doit s'accommoder à la mode du jour et *admettre que l'idée de conservation est une idée inférieure* et nécessairement sacrifiée au pouvoir de bouleverser et de détruire. L'épithète de *libéral* signifie que la liberté est le droit de ne pas distinguer entre le bien et le mal, entre ce qui doit subsister et être protégé par les lois et ce qui doit toujours être éliminé et interdit par elles. C'est, en un mot, l'obligation de faire passer avant les droits les plus précieux de l'homme, le pouvoir que s'arrogent la Révolution et les révolutionnaires, de les supprimer tous quand cela leur convient.

En sorte que, dans ce malheureux pays, le désordre a des partisans et des auxiliaires parmi ceux qui devraient le haïr et le poursuivre, et un grand nombre d'honnêtes hommes politiques sont ce qu'on peut appeler des *conservateurs révolutionnaires.*

L'intelligence de ces hommes est bornée, comme la vue de ceux qui voient jaune. Ils sont incapables d'imaginer des voies nouvelles en dehors du courant d'idées toutes faites et d'expédients qui emportent les générations actuelles. Habitués à considérer la Révolution comme l'auteur de la civilisation moderne, comment comprendraient-ils que ce qui subsiste encore de sociabilité parmi nous tient à des restes de christianisme, et que les symptômes de sauvagerie qui nous envahissent sont le seul produit réel de l'esprit révolutionnaire? Pour eux, il n'y a au monde que les *immortels* principes de 89. Un grand nombre seraient fort embarrassés de préciser ce que sont ces fameux principes; mais ils sentent que les institutions établies depuis cette époque favorisent certaines de leurs passions personnelles et de leurs étroites combinaisons. Que la France puisse en périr, peu leur importe; ils ne souffrent pas que l'on attaque la Révolution qu'ils appellent leur mère, ni ses lois.

Pour former ces générations d'hommes politiques, routiniers incorrigibles de centralisation, de voltairianisme tracassier, d'égalitarisme bourgeois, de despotisme libéral, il fallait à la fois l'éducation sceptique et sans philosophie de l'Etat, et le spectacle des bouleversements perpétuels qui ont remplacé, par la morale du fait accompli et du succès, les hautes notions que la Religion donne de l'âme et de la destinée humaine. Au moment où l'Assemblée élue au 8 février dut travailler à reconstituer la France, le chef des conservateurs révolutionnaires était l'homme politique qui avait dit: « Je m'efforcerai toujours de retenir la Révolution dans la main des modérés, mais dût-elle passer dans celle des radicaux, je serai néanmoins toujours du parti de la Révolution, à laquelle je dois tout ce que je suis. »

Pour notre malheur, l'Assemblée « n'avait pas le choix, » et cet homme, c'est-à-dire M. Thiers, se trouva, comme il le dit lui-même, « en termes vulgaires, indiqué. » Les masses honnêtes et pacifiques, émues de son dévouement patriotique pendant la guerre, se trompèrent à son sujet, comme elles s'étaient trompées jadis sur le prince Louis Bonaparte. On crut qu'il aurait appris quelque chose dans sa longue carrière politique et que les catastrophes récentes lui auraient enseigné la nécessité de réformer la France, et non de la rejeter dans l'ornière de la Révolution modérée ou radicale. Mais comment un esprit qui n'a rien de transcendant et qui est incapable, par défaut de convictions religieuses, de puiser les motifs de ses déterminations à une source supérieure à lui-même et à l'opinion des hommes de son temps, pouvait-il s'élever tout d'un coup au-dessus de ses préjugés et de ceux de son époque ? M. Thiers sceptique, voltairien, bourgeois, centraliste, césarien par éducation et par tempérament, était, en 1874, le produit et la personnification la plus complète du régime suivi par les Français depuis un siècle, et, au moment où il s'agissait pour sauver le pays de rompre avec ce régime, il trouva naturellement plus simple de le continuer.

La Révolution continua donc. On ne songea ni au suffrage universel, base si funeste de notre société, ni au mouvement socialiste développé par l'Empire et que le 4 septembre avait armé, aguerri et retranché dans les grands centres et dans la formidable place forte de Paris. Le premier fruit de cet aveuglement fut le 18 mars.

Depuis longtemps, les ouvriers, voyant que les révolutionnaires bourgeois ne s'occupaient plus d'eux que pour exploiter leurs votes et traitaient de chimériques leurs aspirations vers une « nouvelle formule de société, » avaient pris le parti d'étudier eux-mêmes ces questions, afin de pouvoir, à l'occasion, imposer leurs solutions. Ils avaient ainsi commencé par former « une société d'études, » l'Internationale. Mais cette société était forcément entrée en lutte avec le régime de la Révolution modérée. Traquée par la justice bourgeoise et condamnée, elle s'était changée en une société de résistance et de combat, empressée de se coaliser avec les divers ennemis de l'ordre social.

Après le 4 septembre, cette attitude s'accusa pleinement et les éléments socialistes divers s'emparèrent de l'organisation de la garde nationale parisienne, qui devint le « groupement naturel » des forces acquises à la plus formidable insurrection qui ait jamais menacé la société. « Le soir du

» 4 septembre, dit M. Fribourg (*Enquête sur le 18 Mars*, » p. 569), on n'avait pas installé le gouvernement, que déjà » des groupes se formaient, et qu'on disait : « Prenons garde » au socialisme, et que les socialistes disaient : « Surveillons » la réaction. » Aussi quand il s'agissait de lancer la garde » nationale contre les Prussiens, beaucoup s'écriaient : » l'ennemi est à l'intérieur : ceux qui vont au dehors sont » des lâches qui désertent la cause de la République (1). »

La Révolution avait ainsi fait de la France un royaume divisé contre lui-même, qui, après avoir été humilié et conquis par des ennemis extérieurs, allait être égorgé, encore tout sanglant de la guerre prussienne, par des ennemis implacables sortis de son sein. La République, c'était pour ces Français d'un nouveau genre, l'avenir du socialisme et l'instrument de règne au moyen duquel les prolétaires réaliseraient les améliorations idéales rêvées par leur classe.

Ce qui se passa au 18 mars avait déjà été tenté au 31 octobre et au 22 janvier ; seulement un reste de pudeur patriotique avait empêché les masses de se joindre au mouvement. Mais lorsque la guerre étrangère fut terminée et que l'organisation militaire établie pendant le siége eut livré aux meneurs de la Révolution sociale 400,000 fusils, 3,000 bouches à feu et les fortifications de Paris, ils saisirent cette occasion extraordinaire et n'eurent plus de peine à entraîner dans leur cause les deux ou trois cent mille prolétaires parisiens qui avaient vécu pendant cinq mois « aux dépens de « la bourgeoisie... dans une fainéantise d'autant plus dan- » gereuse qu'elle leur donnait la satisfaction puérile et mal- » saine des exercices militaires (M. J. Favre, *Enquête sur* » *le 18 Mars*, p. 43). »

---

(1) M. Cresson, préfet de police, dit aussi (p. 134, *Enquête*) : « Il y a » toujours eu dans la presse, dans les clubs et dans le bas-fonds social, » des préparatifs pour la *grande bataille*, et les gens de Belleville disaient : » Ce n'est pas à nous de sortir, c'est dans Paris que nous avons à faire » et non pas avec les Prussiens. »

Dès les premiers jours, la coalition des socialistes, des Jacobins, et des partisans de la république cosmopolite, arbore son drapeau. « La Révolution qui vient de s'accomplir, » s'écrie-t-elle, est avant tout une Révolution sociale. Il ne » s'agit plus aujourd'hui d'un changement de dynastie, » de l'organisation d'une république formaliste modérée, » avec des institutions monarchiques, mais de l'établisse- » ment inébranlable d'un ordre de choses politiques affir- » mant toutes nos revendications sociales..., serfs d'hier, » affranchis d'aujourd'hui, nous devons tous, sans retard, » nous unir pour conquérir définitivement le droit légitime » que nous ont toujours contesté les capitalistes monopo- » leurs, de vivre en travaillant. »

Les prétendues réformes de 1789 n'avaient réussi qu'à partager la nation française en deux peuples ennemis, parce que l'un paraissait jouir, sans autre droit qu'une législation appelée injuste et appuyée sur la force, du privilége du gouvernement, de la richesse et des plaisirs, tandis que l'autre menait « l'état pénible » de la soumission, du travail et de la souffrance. De cette situation résultait nécessairement la guerre sociale. Le peuple, qui se croyait sacrifié, cherchait à sortir, à son tour, par la force, d'une situation qui lui paraissait imméritée et inexplicable. Repoussé dans ses prétentions raisonnées et pacifiques, il profitait de l'occasion pour faire prévaloir ses idées et ses intérêts par les mêmes moyens que le Tiers-Etat avait employés pour acquérir la prépondérance et pour faire disparaître les ordres du clergé et de la noblesse. Commune révolutionnaire, comité de salut public, réquisitions, suspects, cours martiales, exécutions sommaires; tout le vieil arsenal du jacobinisme bourgeois fut employé par les socialistes de 1871. D'un bout à l'autre de la France, le même antagonisme assura au mouvement des partisans jusque dans les moindres localités, où l'on n'attendait qu'un succès de la Commune de Paris pour adhérer au nouveau régime et pour proscrire aussi la religion chrétienne, les prêtres, les bourgeois, les propriétaires, les soldats.

La Révolution, en effet, ne se dissimulait plus sous les formes parlementaires et libérales. Elle était franchement athée, communiste, despotique, matérialiste, homicide, et elle montrait clairement, en fusillant les Clément Thomas et les Chaudey, qu'il n'y avait plus pour elle de moyen-terme.

La Providence permit que la lutte entre les deux peuples se localisât à Paris, dans la ville qui avait le plus péché contre la civilisation chrétienne. Grâce au dévouement de l'armée, la fin de l'horrible guerre arriva; mais c'est alors que la haine farouche (1) vouée par les modernes réformateurs à la société, se montra dans toute sa violence. Dans l'impuissance où ils étaient de fonder leur monde nouveau sur les ruines de celui auquel restait encore la victoire, ils voulurent au moins faire à leur ennemi le plus de mal possible. Brûler Paris, faire sauter en l'air des populations inoffensives, massacrer des prêtres, des magistrats, des gendarmes, c'est-à-dire des agents essentiels du régime condamné par eux, furent les derniers actes de la guerre qu'ils s'étaient cru le droit de lui déclarer : « C'était, disaient-ils, faire à la » liberté des funérailles dignes d'elles. »

L'histoire retrace la destruction de plusieurs cités célèbres, par les armées de leurs conquérants, mais nulle part on ne voit un peuple détruire de ses propres mains les monuments de sa gloire, verser le sang de ses citoyens les plus dévoués, exposer aux plus épouvantables malheurs des femmes et des enfants, accumuler les crimes les plus

---

(1) Lorsque le citoyen Millière est arrêté : — « Vous détestez la société, » lui dit le capitaine Garcin ; — « Oh ! oui, je la hais cette société ! » répond-il. Et Tony Moillin, lorsqu'on lui reproche « ces faits odieux, ces incen- » dies : » — « Monsieur, *c'est la guerre !* » *(Enquête sur le 18 Mars*, p. 239.)

odieux et se déchaîner contre lui-même avec une rage bestiale. Si l'on ajoute que ces attentats étaient commis par des Français, en présence de l'ennemi étranger, qui tenait encore le pays sous ses pieds, on doit reconnaître que ces hommes étaient animés par des transports encore inconnus. C'est que jamais esprit n'avait été plus propre que celui de la Révolution à inspirer des actes aussi contre nature. La nation qu'il avait pénétrée plus qu'une autre, devait être celle où ces résultats seraient plus caractérisés : il y a quatre-vingts ans, il avait déshonoré nos annales par des crimes hideux ; il continuait nécessairement à les salir, puisque, bien loin de renoncer à ses inspirations, les Français avaient embrassé de nouvelles et plus pernicieuses erreurs.

VIII.

L'Essai loyal.

Pendant que la France se débattait dans les affreuses convulsions de l'antagonisme social, et que le suffrage universel du 30 avril 1871 peuplait de communeux les conseils municipaux, un conservateur révolutionnaire émérite établissait avec complaisance, que « c'était la première fois, » qu'à un débordement d'excès révolutionnaires ne répon- » dait pas un triomphe électoral de la réaction ; » et il ajoutait : « Les effroyables expériences qui nous ont été infli- » gées ne sont donc point perdues pour l'esprit public... Les » élections sont républicaines (M. H. Martin, Lettre du » 8 mai 1871). » Ces paroles témoignent de l'aberration particulière à un grand nombre de conservateurs français. Pour eux la Révolution est hors de cause et la France lui appartient malgré tout, irrévocablement : l'essentiel est de ne pas laisser ternir une cause si belle par des excès regrettables, non pas précisément au point de vue de la raison et de l'humanité, mais surtout parce qu'ils compromettent les intérêts de la Révolution, en suscitant contre elle le mal suprême de la Réaction.

La France, en effet, paraît à ces hommes être placée entre deux extrêmes et deux dangers redoutables, à savoir : elle peut sortir de la Révolution ou s'y engager prématurément trop avant. La Révolution, c'est la vie de la France moderne. Ses bienfaits se développent peu à peu, mais par cela même, ses mouvements paraissent trop précipités à ceux qui vivent dans le passé, et trop lents à ceux qui vivent dans l'avenir. Les uns voudraient retourner en arrière, les autres veulent aller trop vite : tous commettent le crime impardonnable de compromettre la Révolution, mais il est évident que son existence est plus menacée par les hommes qui veulent rompre entièrement avec elle que par ses amants convaincus et passionnés. D'où il suit que la plupart des Français, plus ou moins acquis à cette idée que la Révolution est le bien, sont incapables de se demander si les crimes, les hontes et les désastres ne sortent pas d'elle, comme l'enfant du sein de sa mère. Au contraire, invinciblement partagés entre la peur de la contre-révolution et celle des radicaux, ils éprouvent un penchant déterminé à craindre plus l'une que les autres, surtout lorsque ceux-ci sont déconfits et matés.

Après avoir vaincu les hommes du 18 Mars et mis un terme aux excès compromettants de la Révolution socialiste, il fallait donc songer à la Réaction, ou à cet autre ennemi qui menaçait la France d'un retour définitif au Christianisme et aux institutions raisonnables et libres, sur lesquelles sont établies la puissance et la prospérité des nations civilisées. Le danger paraissait d'autant plus pressant que l'on pouvait croire tous les expédients révolutionnaires épuisés, et que, pour constituer un pouvoir fort et capable de suffire à la tâche difficile de relever la France devant l'étranger et devant elle-même, on n'apercevait que le représentant de la monarchie héréditaire et légitime, lequel avait déclaré nettement vouloir rompre avec les errements des gouvernements antérieurs et préférer vivre dignement dans l'exil, que d'être, comme eux, le valet couronné de la Révolution.

Au milieu de cette société à moitié détruite par l'esprit révolutionnaire, le comte de Chambord avait émis cette idée bien simple : qu'il fallait, pour réparer les désastres, rompre d'abord avec leur cause. Tous nos gouvernements divers depuis quatre-vingts ans n'ayant fait que creuser l'abîme où l'existence de la France est menacée de disparaître, était-il donc si extraordinaire qu'un prince, placé en dehors du tourbillon de préjugés et de passions qui entraîne les Français, eût vu plus clairement qu'eux que le moyen de les arracher à leurs maux n'était pas d'imiter Napoléon Ier, Louis-Philippe, la République bourgeoise de 1848 et Napoléon III ? Qu'avaient gagné ces princes à propager ou à conserver les principes et les institutions nouvelles, à faire des Français un peuple sceptique ou irréligieux, sans cesse insurgé, sacrifiant la liberté à l'égalité, rabaissé par l'industrialisme, énervé par la recherche du luxe et par le matérialisme, divisé par un antagonisme inepte ? Un monarque, sensé et consciencieux, pouvait-il ne pas éprouver un éloignement invincible pour un régime qui avait tué ou exilé ses aïeux et ses prédécesseurs, deshonoré, ruiné et démembré son pays, et était-il si exorbitant qu'il prétendît employer, pour le sauver, un système différent de celui qui l'avait perdu ?

Mais quand les idées et les institutions d'un peuple favorisent exlusivement l'orgueil et les intérêts d'une caste, on doit s'attendre à une résistance désespérée, si une puissance supérieure veut faire cesser cette usurpation et cette injustice. Les manifestes du comte de Chambord jetèrent l'effroi parmi les conservateurs libéraux, recrutés pour la plupart dans la haute bourgeoisie qui avait exercé le pouvoir sous nos divers gouvernements révolutionnaires, et pour lesquels certaines idées malsaines et intéressées constituent des dogmes indiscutables, dans lesquels l'intelligence politique des Français doit s'immobiliser à jamais. « Le fils des rois de France, » s'écria un de leurs organes, parle le langage d'un autre » monde et d'un autre temps ; celui des *Encycliques* et du » *Syllabus*... C'est une déclaration formelle de divorce avec » la France et avec l'histoire de France depuis un siècle » (*Journal des Débats*, juillet 1871). »

Comprendra-t-on un jour que cette nouveauté de langage chez un roi de France faisait sa valeur ? Dieu le sait, mais en juillet 1871, une autre feuille conservatrice-libérale, complétant la pensée de sa caste, disait : « La France ne remontera pas : si la tâche qui lui incombe est grande et difficile, » elle *n'ira pas implorer pour la remplir l'appui du droit*

» *divin : elle y suffira elle-même et par elle-même* (journal » le *Constitutionnel*). » C'était dire clairement que la France de 1789, exposée par ses propres principes à la plus formidable des tempêtes, prétendait y échapper en persistant à obéir aux mêmes idées et à suivre la même voie. Il s'agissait toujours, avant tout « de ne pas remonter, » en cédant au mouvement contre-révolutionnaire que la vue de tant de maux avait suscité dans la partie saine de la nation, mais de se laisser entraîner encore au courant de la Révolution en essayant, malgré une impuissance évidente, de contenir les passions homicides et destructives qu'elle fomente sans cesse.

Il n'était plus question de sauver la France, mais seulement cette Révolution, que des passions idéologiques ou des calculs d'intérêts identifiaient encore une fois avec la destinée du pays.

On vit alors combien le mal était profond, puisque la plus grande partie des légitimistes eux-mêmes, saisis d'une sorte de stupeur à la vue des idées arrêtées de leur chef, demeurèrent hésitants et en défiance, prétendant obliger le roi à reconnaître le principe de la souveraineté du peuple et les droits de la Révolution. Il était clair que la partie intelligente et agissante de la nation avait perdu la notion de la souveraineté et de l'ordre, et continuait à vouloir pour chef un homme *qui satisfît avant tout les idées, les intérêts et les passions créées depuis 1789*. Dans l'impuissance où les conservateurs-libéraux étaient de trouver un roi révolutionnaire, ils résolurent de rester dans le régime auquel les hommes du 4 septembre avaient donné le nom de République, et ils se crurent en mesure d'en faire un gouvernement constitutionnel, centraliste, bourgeois, analogue à celui de Juillet, leur type favori. « La vie parlementaire doit ressusciter » dans sa plénitude, s'écriait l'un d'eux, et, j'en ai la con- » fiance, la France pourra avoir encore des jours prospères » (le duc d'Audiffret, 29 mai 1871). »

On a peine à concevoir de pareilles illusions. La Révolution, en effet, n'entendait pas laisser le gouvernement à une assemblée dont les tendances conservatrices et honnêtes lui inspiraient à chaque instant des craintes et qui arrêtait sa marche. Pour arriver à son but, il lui suffisait de trouver un serviteur fidèle qui consentît, comme Napoléon Ier, comme Louis-Philippe, comme Napoléon III, à mettre à sa disposition la dictature, à condition qu'on le laisserait jouir pendant quelque temps du pouvoir. Dans un pays où la gloire des armes ne pouvait plus donner l'Empire, M. Thiers était l'homme destiné à faire succéder au césarisme militaire ou princier, le césarisme parlementaire. Cette nouvelle forme de la dictature révolutionnaire consistait à annihiler, par divers moyens, une majorité religieuse, monarchique et anti-matérialiste investie d'un souverain pouvoir, et à empêcher ces qualités de produire des fruits salutaires pour la reconstitution de la France dans un sens conservateur. Enfin, après avoir paré à ce premier danger, elle devait renverser l'obstacle inattendu que le vote du 8 février avait jeté sous les pas de la Révolution sociale.

L'idée de faire résider la souveraineté dans une réunion d'hommes est une idée fausse et qui ne peut atteindre la fin qu'elle se propose. Une assemblée est un être multiple, lent, dès lors, à se décider et agir, peu propre à le faire avec ordre et avec suite. Pour y unir les volontés, pour les ébranler, les diriger et les maintenir dans les mêmes voies, il lui faut un chef. Mais si ce chef se trouve en désaccord avec elle, il lui est facile, s'il a de l'habileté, de la suite et de l'audace, de diviser, de paralyser, de dominer le souverain et de régner en son nom. Hélas! les sujets de division ne manquaient pas au sein de l'Assemblée nationale. Ils abondent d'ordinaire dans toutes réunions d'hommes; que devait-ce être dans celle-ci, dont les membres appartenaient à tous les partis successivement créés par les diverses manifestations de la souveraineté du peuple. M. Thiers se servit avec habileté de ces ferments; il les surexcita, les aigrit et arriva à produire le trouble et la discorde les plus accomplis parmi ces volontés honnêtes, qu'un homme d'Etat véritable se serait attaché à éclairer et à unir pour le bien de la France et pour son honneur.

Il devint facile alors de comprendre quelle illusion s'étaient faite ceux qui pensaient pouvoir gouverner et régénérer ce pays au moyen du parlementarisme républicain. Au sein de ce peuple qui poursuivait, depuis un siècle, à travers les dissensions civiles, les ruines de sa puissance et le sang de ses enfants, le rêve du gouvernement du pays par le pays, on vit l'homme politique, jadis champion décidé des « libertés nécessaires, » gouverner obstinément en dehors des garanties constitutionnelles et des règles élémentaires du système représentatif, parce que ces garanties et ces règles paraissaient donner la souveraineté parlementaire à la contre-révolution.

On ne pouvait mieux prouver qu'il importe, avant tout et toujours, aux hommes inféodés à l'esprit révolutionnaire, non pas de conduire la France à la liberté, au progrès, à la paix, mais de favoriser exclusivement le développement et la prédominance de ce mouvement singulier, qui s'attache à détruire la civilisation chrétienne et les libertés les plus chères à l'humanité. Du moment que l'obligation pour le pouvoir exécutif de prendre les ministres dans la majorité et de le soumettre à la responsabilité ministérielle, était défavorable à la Révolution, en excluant ses hommes et en donnant les emplois et l'influence politique à ses ennemis, il était indispensable qu'il s'élevât un pouvoir spécialement chargé d'empêcher la souveraineté nationale de s'exercer suivant ses lois reconnues. Jusque-là, l'esprit de révolte s'était servi des assemblées pour renverser les rois ; à ce moment, il allait élever un homme contre le pouvoir autrefois si populaire des assemblées. Cet homme « c'était, disait-il par ses mille voix, la personnification du peuple souverain..., l'homme providentiel.... Sa conscience était au-dessus des lois ; » et si la majorité de l'Assemblée combattait ses projets, il devait y persister néanmoins, en pensant que la majorité du pays était avec lui. »

La théorie du « pouvoir personnel » ou impérial reparaissait, professée par les mêmes hommes qui avaient accusé, combattu, chassé Napoléon III et nos autres *tyrans*. « Les » Français, disait un organe des conservateurs révolution- » naires, sont monarchiques et antidynastiques ; et c'est » une forme spéciale de monarchie excluant l'hérédité qu'ils » appellent aujourd'hui la République... C'est alors, disent » les royalistes traditionnels, avec une joie ironique, un » gouvernement personnel au premier chef ? *Les Français* » *n'en admettent pas d'autre*... La présidence de M. Thiers, » présidence nullement américaine, mais française, *est l'hé-* » *ritière naturelle et nationale des quatorze siècles de mo-* » *narchie* (journal le *Bien public*). »

C'est ainsi que le pouvoir exécutif était poussé et soutenu dans la voie de l'usurpation, à la fois par les radicaux qui voyaient dans cet antagonisme la déconsidération et la ruine de l'Assemblée nationale, et par la foule des sceptiques, des autoritaires, des conservateurs-libéraux qui ont plus « grand peur de l'ordre véritable que du désordre, » et auxquels il faut « des fictions d'ordre, des illusions de calme et » des apparences de stabilité. » Qui ne connaît de ces hommes, honnêtes propriétaires, bons commerçants, excellents notaires ou avocats, de l'intelligence desquels les enseignements les plus sinistres de ce temps n'ont pu ôter la pensée que la prédominance des idées religieuses ou monarchiques est le danger par excellence de la société française, que bien des radicaux ont « des intentions honnêtes, » et que les excès sont inséparables des révolutions bienfaisantes de l'humanité. Ces hommes se résignent facilement à subir le pouvoir despotique qui les rassure momentanément sur leurs intérêts matériels, tout en leur conservant les « bienfaits de la Révolution » et en les préservant de ce qui sera pour eux, jusqu'à leur dernier soupir, leur principale terreur, à savoir le droit divin, la féodalité, la dîme, les billets de confession, et le droit du seigneur.

En France, « on a une disposition invariable dans les moments de crise, à personnifier le gouvernement dans le pouvoir exécutif, et le pouvoir exécutif dans un homme (1). » L'Assemblée souveraine, cédant à ce sentiment général, et dans la crainte d'amener des crises redoutables, n'osa pas s'opposer à la constitution de la dictature révolutionnaire. M. Thiers, du reste, était si bien entré dès l'abord dans ce rôle, qu'il n'avait pas hésité à prendre des engagements au nom de la société française, mais sans consulter ses représentants légaux. En pleine lutte contre la Commune de Paris, il avait promis de faire la volonté des communistes de quelques grandes villes et d'imposer à la France et à l'Assemblée nationale ce même gouvernement républicain que deux mois auparavant la nation avait condamné solennellement par son vote du 8 février.

Voilà de quelle manière le peuple français se gouvernait lui-même par ses légitimes représentants! A la faveur de cette promesse, accomplie avec une ténacité impérieuse, les hommes du 4 septembre furent maintenus dans les ministères, dans les administrations, dans la magistrature ; les candidatures radicales devinrent officielles à l'encontre des candidatures conservatrices, et le socialisme regagna le terrain qu'il avait perdu par l'ineptie de ses séides et par ses crimes.

(1) M. Buffet, discours à l'Assemblée, le 7 mars 1873.

IX.

Les principes de 89 et le radicalisme.

Jusqu'ici, nous avons à peine prononcé le mot de République. C'est qu'en effet, les hommes pour lesquels le gouvernement républicain est le triomphe de l'individualisme et de l'anarchie, peuvent seuls qualifier du nom de République le régime dont les Français ont joui depuis le 4 septembre 1870 jusqu'au 24 mai 1873.

La République, telle qu'elle est constituée chez plusieurs peuples, est un gouvernement basé sur des lois et sur des institutions connues, respectées, observées et destinées à assurer à la société humaine ses droits et la durée. On peut contester le principe de ce gouvernement, mais on doit reconnaître que les Républiques existantes sont des sociétés ayant l'ordre et la civilisation pour but.

Le gouvernement institué le 4 septembre, au contraire, a non-seulement méconnu les lois naturelles les plus élémentaires, mais encore il s'est attaqué aux institutions de la France moderne elle-même, et a foulé aux pieds les plus démocratiques. Etabli dans un moment où la société française était menacée dans son existence, comme elle ne l'a jamais été, par des ennemis extérieurs et intérieurs, ce gouvernement a pris toutes les mesures propres à augmenter le désordre et à rendre plus facile le triomphe des assaillants. Dans la première de ses phases, il a produit la conquête par les Prussiens et le 18 Mars ; dans la seconde, l'occupation du pays par les vaincus de la Commune. Le régime qualifié « d'essai loyal, » qu'on l'ait voulu ou non, n'a pas eu d'autre résultat que de désorganiser et d'annihiler les éléments de conservation et de vie, pour relever et affermir l'influence des hommes insensés et pervers qui, divisant la nation en deux peuples rivaux, faisaient de l'extermination de l'un des deux, et de la mise à sac de la société, le but de la République.

L'historien ne peut donc voir un gouvernement régulier là où il n'y avait qu'un mélange informe d'arbitraire et d'anarchie, la négation délibérée de l'ordre moral et la menace sans cesse suspendue sur la tête de tous les Français honnêtes, du désordre matériel le plus épouvantable. A vrai dire, le gouvernement républicain n'a existé réellement que depuis le 24 mai 1873, parce que c'est seulement à partir de ce jour que les lois et les institutions propres à ce régime ont été observées, et qu'il a cessé d'être un danger immédiat pour la civilisation et pour la société.

Ce fait de l'établissement d'un gouvernement républicain régulier par des conservateurs monarchistes est curieux à plus d'un titre. Il ne s'agit plus ici de la simple acceptation d'un événement accompli. Les représentants de l'idée monarchique, dépositaires de la souveraineté nationale en vertu de lois reconnues de tous, se sont servis de ce pouvoir, non pour reconstituer la monarchie, mais pour rendre la république possible et viable : ce résultat, certainement extraordinaire, montre quelle puissance la Révolution a acquise sur les destinées de notre nation.

En premier lieu, il est constant qu'un grand nombre de Français, imbus de l'idée de leur souveraineté, tenant en principe toute autorité en suspicion, et préoccupés, dès lors, du désir d'être aussi peu gouvernés que possible, trouvent dans le régime républicain l'idéal rêvé par l'individualisme antisocial qui les dévore. D'un autre côté, il est difficile de nier que les divisions créées par la Révolution au sein du parti conservateur rendent réellement une solution monarchique indéfiniment impossible, puisque les forces des trois dynasties se neutralisant les unes par les autres, aucune d'entre elles ne peut prévaloir et monter sur le trône inoccupé.

Certainement, l'état de trouble où gît la société moderne et les dangers qu'elle court l'excitent à changer ses voies, mais les principes de la Révolution la dominent. Si elle a parfois peur des conséquences extrêmes de ce mouvement, il y a en elle une force acquise qui l'entraîne vers elles et qui la détourne de ce qui pourrait la sauver. Les Révolutions ont leur côté inévitable et fatal. Des circonstances imprévues ont beau présenter aux peuples les moyens d'éviter la honte et la souffrance, ils semblent aller à leur perte d'une manière inévitable. Cet entraînement n'est fatal qu'en apparence : il est le résultat de la puissance que les peuples ont laissé prendre au mal sur eux, ou la fin logique de leur persistance dans les vices qui les perdent.

M. Renan remarque que « la liberté du travail, la libre » concurrence, le libre usage de la propriété, la faculté » laissée à chacun de s'enrichir selon ses pouvoirs sont jus- » tement ce dont ne veut pas la démocratie (*Réforme intell.* » *et morale de la France*, p. 115). » Le socialisme inauguré par le Tiers-Etat en 1869, entraîne la France vers de nouvelles expériences socialistes et lui inspire une répulsion profonde pour les réformes que la saine raison, la pratique des nations libres et des dangers évidents rendent indispensables. Dans les singulières, mais persistantes frayeurs de certains conservateurs pour des droits féodaux imaginaires, pour les priviléges de l'aristocratie, pour les réformes successorales, on sent la haine du socialiste pour l'ordre et pour la liberté réparatrice. La bourgeoisie française est égalitaire avec autant d'âpreté que les prolétaires de l'Internationale.

De même, la monarchie, telle qu'elle a fait la grandeur et la puissance de notre nation, apparaît aujourd'hui avec un éclat incontestable dans le prince auquel ses ennemis ne peuvent reprocher que trop de loyauté et de grandeur d'âme ; mais si « la France est certainement monarchique,

» l'hérédité repose sur des raisons trop profondes pour » qu'elle les comprenne. » (M. Renan, *Réforme intell. et morale de la France*, p. 74.) Le dogme de la souveraineté du peuple et la crainte de voir toucher aux institutions établies par la Révolution modérée ont rendu les Français des classes dirigeantes partisans du principe d'élection, qui est la négation de la monarchie. Ce qu'ils veulent, « c'est une » monarchie sans lois bien fixes, analogue à celle des » Césars romains, » qui leur permette de choisir un roi, partisan avant tout des principes de 89 et qui leur reconnaisse le droit de le renverser, s'il vient à les renier ou à les compromettre.

Le comte de Chambord signalait, dans une de ses lettres, cette tendance des Français à se jeter dans des « expédients » révolutionnaires, afin d'échapper à la « nécessité éternelle » de respecter les conditions essentielles à la vie des peuples. Cette tendance persiste malgré les maux qu'elle a causés, et il n'y a pas de preuve plus convaincante de cette persistance que le fait par suite duquel les monarchistes français, devenus encore une fois maîtres de la situation et acculés au radicalisme, continuent à ne pas s'entendre afin de rétablir dans ses conditions nécessaires le gouvernement qui leur paraît le plus conforme à la raison et à leurs intérêts, et sont obligés de se placer sur le terrain du gouvernement républicain, spécialement choisi par la Révolution sociale comme le plus favorable à ses progrès et à sa victoire.

La société française sera toujours menacée tant que la plupart des Français des classes dirigeantes ne seront pas convaincus de cette vérité : *que ses dangers tiennent moins aux doctrines et aux entreprises des radicaux, qu'à l'attachement des conservateurs aux idées et aux institutions qui conduisent logiquement au radicalisme.*

Toute société contient un certain nombre d'hommes réfractaires à la civilisation, sans cesse en révolte contre ses lois et qui la détruiraient infailliblement comme une servitude, si l'élément raisonnable, honnête, actif, rangé, énergique de ce peuple ne luttait pas sans cesse pour la défendre et pour réparer les brèches que luï font à toute heure d'implacables assaillants. Mais ce qui est particulier à ce temps, c'est de voir des hommes, par lesquels la société est constituée et qui en retirent les plus grands avantages, s'allier avec ses ennemis, partager leurs idées, prendre part à leurs entreprises les plus odieuses, les arracher à la vindicte publique, introduire dans cette guerre impie contre l'ordre social certaines qualités que les hommes désordonnés et malhonnêtes n'avaient jamais possédées, et, après avoir ainsi travaillé à détruire les conditions de la civilisation, s'efforcer d'en disputer péniblement quelques restes à l'anarchie bestiale qu'ils ont déchaînée.

La France périt par l'inintelligence politique et par l'entêtement de cette catégorie d'hommes qui, après avoir décapité en 1789 la société française de ses hautes classes sous prétexte de démocratie et d'égalité, ont absorbé la direction de ses destinées et prétendent absolument la conserver dans les mêmes conditions.

A la fin du siècle dernier, des Français ont voulu former une société nouvelle au nom d'idées et d'intérêts nouveaux. L'on a cru longtemps que les principes de 89 étaient des règles et des institutions particulières et préférables que la France s'était appropriées à cette époque, soit en les empruntant à d'autres peuples, soit en les tirant de sa raison par esprit de progrès. Parmi ces innovations, on citait avec complaisance : la liberté de conscience, le gouvernement représentatif, l'égalité devant la loi, la liberté de la presse et d'association. Aujourd'hui, il n'est plus possible de se faire illusion sur les actes et sur les tendances du système libéral.

Si une tolérance extraordinaire a permis à toutes les opinions philosophiques et antichrétiennes de s'étaler publiquement et de corrompre les âmes, il est constant que la foi chrétienne n'a jamais joui de la liberté à laquelle son action bienfaisante a droit. Le catholicisme a constamment été traité en suspect et en ennemi, et placé alternativement entre les intrigues et les usurpations des Julien l'Apostat du monde moderne et les exterminations de ses Néron. Les Français n'ont pas davantage joui du gouvernement représentatif qu'ils avaient cru emprunter à l'Angleterre. Ils n'ont eu, sous ce nom, qu'une succession de pouvoirs imposés par l'arbitraire de quelques conspirateurs bourgeois ou démagogues. Les gouvernements leur ont été expédiés par des émeutes parisiennes, et lorsqu'ils ont manifesté leur volonté par leurs véritables représentants, comme en 1815, 1850 et 1870, des coups d'Etat du despotisme révolutionnaire sont venus dissoudre ou paralyser ces assemblées. Sorties, non des intrigues égoïstes de la caste dominante, mais des entrailles mêmes de la France après les maux innombrables causés par la Révolution, elles étaient animées par des sentiments religieux et par un souffle de liberté et d'ordre véritable : c'est pourquoi elles furent flétries par une opinion publique factice et intéressée des noms de chambres introuvables, réactionnaires, rurales.

La Révolution libérale ou modérée voulait seulement agiter la France, et, tout en prodiguant les mots de liberté et d'égalité, elle entendait ne donner la chose qu'aux siens. L'égalité n'a été pour elle qu'une machine de guerre destinée à supprimer toute hiérarchie où le Tiers-Etat n'aurait pas la première place : la liberté d'association s'est traduite par la proscription des ordres religieux, par l'interdiction à l'Eglise de posséder, par la dissolution des sociétés de Saint-Vincent-de-Paul, par l'abolition des corporations ouvrières. La liberté de la presse a abouti à la suppression des journaux religieux et conservateurs, à une coalition permanente de la littérature et de l'histoire, contre la religion, contre l'autorité, contre la paix sociale, le plus souvent avec l'appui des gouvernements.

Les principes de 89 n'ont donc rien de commun avec les garanties politiques et sociales que l'homme revendique légitimement comme une sauvegarde de ses droits. A vrai dire, ils sont le contraire de ces garanties. *L'abaissement du principe religieux devant la raison humaine ou devant l'Etat, l'infériorité systématique du pouvoir devant le peuple, le nivellement indéfini des existences et des conditions, l'abaissement des âmes et l'établissement du règne de la force, telles sont les véritables « conquêtes de 1789. »*

Ces idées, nées de la réforme et du naturalisme philosophique, avaient déjà miné la société française à la fin du XVIIIe siècle et y avaient produit une de ces crises par lesquelles les organisations malades s'efforcent de recouvrer la santé. Au lieu de la réformer et de la guérir d'après les lois que le christianisme impose aux nations modernes, ceux qui donnèrent l'impulsion à ce mouvement et qui le régularisèrent, imaginèrent de la faire vivre par les principes antichrétiens et antisociaux qui la tuaient. Nous avons montré la dictature impériale rédigeant ces principes en lois et en institutions, et, après elle des dictatures royales, démagogiques, césariennes, développant et établissant leur règne avec l'appui constant des classes moyennes, qui voyaient en eux le palladium de leur caste. Ils ont passé ainsi dans le sang de ce peuple, infestant surtout ses classes dirigeantes, formant des générations d'hommes politiques sans foi et sans convictions, systématiquement hostiles à la religion, dédaigneux de l'ordre moral, amoureux de la force et du succès, et faisant passer avant les intérêts de la patrie les égoïstes préoccupations de leur ambition personnelle. Ce sont ces hommes qui, placés à la tête de la société et répandus dans toute la France, y répètent aujourd'hui encore, avec un de leurs chefs : « Nous ne voulons ni de son pouvoir temporel, ni de son drapeau ; » c'est-à-dire : Nous ne voulons renoncer ni à la domination de l'Etat sur l'Eglise, ni au principe de la souveraineté du peuple, ni à l'éducation par l'Etat, ni au partage des successions par l'Etat, ni à l'instabilité de la famille ni à celle de la nation, ni au nivellement des conditions, ni aux priviléges de notre caste. « Ce ne sont pas des questions de personnes qui nous » divisent, *mais des principes inconciliables.* »

Ces hommes n'ont donc aussi rien appris et rien oublié, malgré de terribles enseignements. En présence de leur attitude, il est facile d'établir, que le caractère principal du régime quatre-vingt-neuviste est *une guerre acharnée contre les idées de conservation, conduite par des conservateurs et aboutissant logiquement à l'annihilation de leur parti et à la victoire de l'élément désordonné et antisocial.*

Comment ne pas voir, en effet, que les idées si chères aux conservateurs-libéraux se rapprochent de celles du radicalisme et sont surtout « inconciliables » avec les principes de conservation qui ont élevé les nations chrétiennes à un si haut degré de civilisation? Quand on croit à Dieu et au Christ, il est impossible d'admettre la suprématie de l'homme sur les choses de Dieu ou sur l'Eglise ; quand on croit à la souveraineté, il est impossible de supporter chez le peuple le droit de l'attaquer et de la détruire ; quand on croit à l'ordre et à la liberté, il est impossible de comprendre l'égalité et de faire du nombre la mesure des droits de l'homme. Au contraire, si on pose en principe que la liberté de l'homme doit prévaloir sur les droits de Dieu, la liberté du peuple sur les droits du pouvoir, la liberté des inintelligents et des ignorants sur les priviléges de la raison et sur les droits de la personne humaine, ce sont là des usurpations qui en engendrent nécessairement de plus odieuses encore.

C'est là ce qui est arrivé en France. Eh! que pouvait devenir une nation dirigée pendant un siècle par une suite d'hommes politiques se proposant pour but de créer des sceptiques et des épicuriens, de mettre délibérément le gouvernement en hostilité contre l'état religieux des Français, de surexciter les volontés contre toutes les autorités sociales et de susciter à chaque instant des changements de gouvernement? Où arrive-t-on en inclinant toutes les lois naturelles devant les caprices de l'Etat ou les niaiseries des foules, en abaissant les âmes et les conditions suivant les exigences de l'envie, en donnant exclusivement pour fin à l'intelligence et à l'activité humaines les honneurs, la richesse, le plaisir? Les nations qui ont disparu du monde ont péri par les erreurs et par les vices que la Révolution modérée a imposés comme des vérités et comme des biens aux Français modernes. C'est elle qui a énervé le parti conservateur en lui enlevant la foi, les convictions, le respect, l'union ; et les radicaux ne font que déduire les conséquences logiques des principes de 89 en niant d'une manière absolue Dieu, l'autorité, le droit et la liberté que les révolutionnaires modérés nient d'une manière relative.

Mais pendant que la société de 89 perdait ainsi, en vertu de ses propres principes, les qualités sans lesquelles les sociétés ne subsistent pas, elle était fatalement entraînée à hâter sa ruine par l'abandon du système de dictature intérieure créé par Napoléon Ier.

L'organisation administrative, sortie du génie impérial, était puissante et parfaitement disposée pour l'établissement du despotisme indispensable au règne de la Révolution modérée. Cette organisation avait traversé tous les changements de gouvernement, sans qu'aucun y touchât. Telle qu'elle était, si elle n'avait pas épargné à la France des bouleversements périodiques, elle lui avait au moins évité l'anarchie totale. A chaque élection d'un nouveau gouvernement, des ministres nouveaux s'installaient à la place des serviteurs du régime déchu ; des préfets et des sous-préfets s'élançaient dans toutes les directions ; des ordres étaient envoyés aux chefs de corps par le ministre de la guerre ; les maires étaient remplacés, et le mécanisme gouvernemental, renouvelé en quelques jours, fonctionnait à nouveau sans qu'il se fût produit des désordres matériels notables.

Si ce système était fort goûté des révolutionnaires arrivés au pouvoir, il déplaisait naturellement à ceux qui cherchaient à le prendre d'assaut. Mais il déplaisait encore plus aux conservateurs, contre lesquels il était journellement employé pour établir des lois et des règlements contraires à leurs sentiments et à leurs intérêts. Le second empire, par les candidatures officielles, acheva d'irriter les esprits contre le système administratif, pendant que le cosmopolitisme démocratique et le socialisme attaquaient l'organisation de l'armée et l'économie des impôts. Le mot de décentralisation fut alors inventé ; la théorie de la nation armée fut opposée au système de recrutement militaire, et l'impôt sur le revenu devint l'idéal des réformes financières.

En France, où il n'y a plus de classes chargées d'étudier les questions de gouvernement et de les résoudre par une sage pratique, on agit plutôt par caprice que d'après des données sérieuses et éprouvées; tout est affaire d'entraînement et de mode. A la fin de l'Empire, les questions de décentralisation surtout s'agitaient parmi les libéraux de tous les partis, et, quand l'Assemblée du 8 février se réunit, elle se trouva composée de décentralisateurs avides d'appliquer leurs théories, et qui mirent en tête de leurs travaux de réorganisation de la France, une loi destinée à étendre les attributions des conseils généraux et à donner aux conseils municipaux la nomination des maires et des adjoints. Il eût été plus sage de commencer la réforme par son côté fondamental, c'est-à-dire par le suffrage universel, en comprenant que conserver une base aussi défectueuse, c'était exposer la France à des périls d'autant plus grands, que les libertés concédées seraient plus étendues. Mais le libéralisme n'a pas tant de philosophie ni tant de prévoyance, et l'Assemblée s'empressa, avant tout, de discuter et de voter les lois qui modifiaient l'organisation départementale, qui donnaient aux conseils municipaux le droit de nommer les maires et qui abrogeaient l'article 75 de la Constitution de l'an VIII.

C'était introduire le bouleversement dans l'organisation intérieure par laquelle le régime de 89 vivait depuis le commencement du siècle. La plupart de ceux qui votèrent ces lois ne se doutaient pas des résultats étranges qu'elles allaient produire. Si elles avaient été comprises dans un ensemble de réformes dont la monarchie héréditaire aurait été le centre, et la suprématie de l'élément conservateur le but essentiel, leurs dispositions auraient peut-être pu présenter des avantages; mais au milieu d'une société où l'ordre moral était très-compromis et où l'ordre matériel subsistait à grand'peine, elles ne pouvaient qu'être favorables à l'action révolutionnaire pendante.

M. Thiers essaya en vain d'arrêter dans cette voie une majorité qui était « plus libérale que lui. » Ce césarien renforcé sentait bien que le quatre-vingt-neuvisme allait recevoir le plus rude coup qui lui eût été porté encore. Ne pouvant le parer, il voulut l'amortir au moins en conservant la nomination des maires et adjoints des villes importantes. Mais cette réserve, en contradiction flagrante avec les principes des décentralisateurs et qu'il leur arracha par la menace de sa démission, était illusoire, et l'on s'aperçut bientôt à quel point l'esprit de désordre devenait puissant à mesure que la société française rejetait le *despotisme, par lequel seul elle peut échapper à l'anarchie que les principes révolutionnaires engendrent naturellement.*

La majorité, en effet, qui espérait en ces lois pour accroître et pour consolider son pouvoir, a vu par elles le radicalisme envahir les conseils municipaux, les conseils de département et d'arrondissement, imposer les idées et le programme de la Révolution sociale aux populations, braver le pouvoir et le déborder, opprimer les conservateurs et acquérir une puissance de légalité paisible et régulière qu'il n'avait jamais eue aux plus mauvais jours de notre histoire. C'est grâce à elle que l'enseignement athée ou laïque a pu être installé dans de nombreuses localités, que les ministres du culte national ont dû subir des suppressions de traitement et toutes sortes d'avanies, que les lois de l'Etat ont été méconnues avec une audacieuse persistance, et que les conservateurs, dans plusieurs pays, n'ont plus eu pour protecteurs de leurs droits que les représentants de ce pouvoir central, contre lesquels les dispositions nouvelles avaient été édictées. Sans les restes d'organisation impériale qui avaient échappé à la fureur décentralisatrice de la majorité, on peut conclure de ce qui se passe, qu'il se serait formé autant d'Etats dans l'Etat qu'il y a de communes. Chaque localité aurait foulé aux pieds les lois qui lui auraient déplu, légiféré à sa fantaisie, imposé des contributions, administré une justice sommaire et capricieuse, gaspillé les deniers publics sans s'inquiéter de savoir si ce n'était pas là l'anarchie.

Quand on songe qu'un amendement à la loi sur l'administration départementale fut sérieusement présenté et discuté, afin de donner au suffrage universel le droit de nommer les préfets, on comprend jusqu'où allait le délire libéral et quelles conséquences il pouvait avoir.

Mais ce n'est pas tout. L'expérience de plusieurs gouvernements renversés par la licence de la presse et par l'impuissance de la répression au moyen du jury, n'a pas empêché la majorité souveraine et conservatrice de rétablir ce mode de juridiction. Il en est résulté comme en 1790, comme en 1829, comme en 1848 et 1870, les attaques les plus odieuses contre les lois divines et humaines et des excitations incessantes contre des catégories entières de citoyens. Ainsi se préparent de nouveaux actes d'agression, de guerre civile et de sauvagerie. Les scènes qui se sont passées à Grenoble, à Nantes, à Clermont n'ont pas eu d'autre cause ; mais lorsque les conservateurs se plaignent, le gouvernement et les magistrats répondent : « Nous ne pouvons pas plus casser les municipalités qui souffrent ces attentats, que nous ne pouvons poursuivre les journaux qui les inspirent: d'un côté le suffrage universel nous rendrait les mêmes officiers municipaux, de l'autre le jury acquitterait les prévenus. »

Enfin, les nécessités fatales du temps où la « force prime le droit » ont obligé l'Assemblée nationale à adopter la loi dite de la réorganisation de l'armée et de donner ainsi une dernière atteinte à l'économie du régime de 89.

Au milieu de l'orgie révolutionnaire qui dure depuis si longtemps, l'armée s'était toujours tenue à l'écart, faisant son devoir jusqu'au dernier moment, s'abstenant de se mêler aux intrigues politiques et ne changeant de drapeau que quand le fait nouveau était entièrement accompli. Elle assistait pour ainsi dire l'arme au bras, souvent avec une noble tristesse, toujours avec un mépris profond pour les artisans de désordre, aux explosions de nos folies. Cette attitude témoignait d'une organisation forte et d'un salutaire esprit de corps. La Révolution voyait avec peine cette organisation que ses efforts dissolvants entamaient si peu. Chez un peuple où elle était parvenue à détruire comme des principes ennemis de l'humanité, l'idée de l'autorité, de la hiérarchie, de l'obéissance, c'était une anomalie qu'un corps fût encore constitué sur ces bases et apportât à la justice et au droit social le secours de son bras.

Il lui fallait faire descendre à tout prix dans cette constitution l'esprit général de révolte et de désorganisation, en assimilant autant que possible l'armée à la nation. C'est pourquoi elle avait inventé l'utopie de la nation armée.

C'est au moment où les résultats de la guerre de 1870 semblaient avoir ridiculisé et condamné à jamais cette idée, qu'elle devait reparaître, sous prétexte de nous approprier le système militaire de nos vainqueurs. Il n'était cependant pas difficile de constater que « le système prussien n'est » possible qu'avec des nobles de campagne, chefs de leur » village, toujours en contact avec leurs hommes, les for- » mant de longue main, les réunissant en un clin d'œil (M. » Renan, *Réforme intellectuelle et sociale de la France*, p. » 80) ; » et que vouloir l'introduire dans un pays révolutionnaire, c'était s'exposer à ce qu'il devînt l'auxiliaire de l'anarchie. Quand la loi est systématiquement violée comme elle l'est chez les Français modernes, et quand la force publique doit être occupée exclusivement à empêcher cette violation, en arrachant la liberté, les biens et la vie d'une partie des citoyens à la fureur sauvage des autres, il est indispensable que cette force soit distincte autant que possible d'un pareil peuple, éloigné de ses passions et pourvu de qualités opposées à ses défauts. S'il en est autrement, il devient impossible de contenir les passions anarchiques qui conspirent à sa honte et à sa ruine, car l'armée, divisée elle-même, doit prendre part à ces luttes au lieu de les prévenir.

Pour achever de peindre les rapports intimes des principes de 89 et du radicalisme, on doit faire remarquer que les prétendues réformes du libéralisme faisaient toutes partie du programme socialiste, et que, s'il y manque l'impôt sur le revenu, ce n'est pas que les libéraux n'aient pas voulu le voter: M. Thiers, obligé de pourvoir au payement d'un tribut de cinq milliards et à tant d'autres charges, s'opposa à cette innovation, qui aurait rendu sa tâche impossible. Mais le chef-d'œuvre de l'infériorité intellectuelle et politique du régime quatre-vingt-neuviste a été la vénération inepte dont il a entouré le suffrage universel. De même qu'on entendait avec étonnement, dans la discussion de la loi sur l'armée, les conservateurs-libéraux s'élever contre les privilèges de l'intelligence et de la richesse et parler d'égalité comme des socialistes, il était curieux d'entendre les représentants de la bourgeoisie célébrer « la majesté » de ce suffrage universel, qui est destiné à constituer la toute puissance du prolétariat et à légaliser l'oppression de leur classe.

X.

Le suffrage universel.

Toute organisation sociale a pour but de lutter contre les passions mauvaises qui tendent, à chaque instant, à enlever à l'humanité les biens moraux et matériels qu'elle recherche et qu'elle amasse par la vie en société. La transmission paisible de ces biens, leur accroissement et leur consolidation constituent la civilisation. Cependant, on observe dans l'histoire que la civilisation périt, et que des peuples autrefois en possession d'une vie religieuse, nationale, artistique et industrielle considérable disparaissent, sans laisser des traces bien appréciables de leur prospérité et de leur grandeur. C'est que « toute société contient, ainsi que nous » le disions plus haut, un certain nombre d'hommes réfrac- » taires à la civilisation, sans cesse en révolte contre ses » lois, et qui la détruiraient infailliblement comme une ser- » vitude, si l'élément raisonnable, actif, rangé, énergique » de ce peuple ne luttait pas sans cesse pour la défendre » et pour réparer les brèches que lui font à toute heure » d'implacables assaillants. » Quand, par suite d'un enchaînement d'erreurs et de vices nationaux et individuels, ces hommes ne sont plus contenus par les lois, par une forte organisation sociale et par l'union constante des gens de bien, l'élément désordonné et bestial de l'humanité fait son œuvre propre : il désorganise et il détruit.

Tous les législateurs ont apprécié la différence absolue qui existe entre les deux tendances par *suite desquelles les hommes sont, en ce monde, les agents de la civilisation et de la vie, ou les auteurs des ruines et de la mort.* Chargés d'établir par des lois et par des institutions ce principe, que l'état de société est supérieur à l'état sauvage, et qu'il y a dans l'homme des passions qui rendent impossibles les associations chères et indispensables à l'humanité, ils ont tous condamné ces passions, enlevé toute influence et tout pouvoir aux hommes qui en sont possédés, et fortifié autant que possible *leurs ennemis naturels*, les hommes ordonnés et sociables. Nous avons montré comment les législateurs révolutionnaires avaient, au contraire, affaibli systématiquement l'élément conservateur et fortifié son adversaire implacable. Déjà, à la fin de l'Empire, un ministre, honnête homme (M. Pinard), ne sachant à quoi se rattacher au milieu du trouble moral et des périls qui apparaissaient partout, était forcé de s'écrier : « Ah ! s'il y avait en France un parti conservateur(1)! » Vains regrets ! l'existence d'un parti conservateur est incompatible avec des principes qui ont séparé l'homme de son divin Auteur et de sa destinée éternelle, qui ont détruit l'idée de l'autorité et affaibli l'empire même de la raison.

Chez les nations civilisées, nul ne peut, sans doute, échapper aux accidents fortuits et malheureux qui assaillent l'humanité ; mais la société est constituée surtout dans le but de garantir l'homme raisonnable, travailleur, économe, contre les entreprises des natures désordonnées et violentes. Dans la France moderne, au contraire, il est l'être sacrifié. Les garanties d'ordre et d'avenir qu'il est en droit de revendiquer, diminuent de plus en plus : elles étaient moindres sous le gouvernement de Juillet que sous celui de la Restauration ; elles sont moindres aujourd'hui que sous l'Empire. La débilité communiquée, au XIXe siècle, à cette partie essentielle de la nation française est plus éclatante que le soleil. Elle apparaît par les bouleversements

---

(1) M. Pinard disait : « Ah ! si nous avions un grand parti conservateur ! » et M. Magnin répondait dans une interruption : « Vous ne l'avez donc pas ! Quel aveu ! » (Corps législatif.)

périodiques qui ont arrêté ses progrès, et par la puissance croissante des anarchistes. Tout ce qu'elle aime est suspect ou persécuté ; tout ce qui la constitue est menacé de destruction : elle est écrasée d'impôts, et, à vrai dire, elle n'existe plus que de nom, puisqu'il n'est pas un Français sensé, honnête et possédant quelque bien, qui soit assuré de conserver sa liberté, sa fortune et sa vie.

L'institution révolutionnaire dans laquelle se résument, pour ainsi dire, l'infériorité de l'élément raisonnable de la nation française et la prédominance acquise à l'élément inintelligent et désordonné, est le suffrage universel.

En se plaçant, en 1789, hors de la civilisation chrétienne dont la base est le grand fait de l'incarnation de Dieu et la manifestation de la vérité et des lois divines, les Français n'ont plus trouvé pour guide de leurs pensées et de leurs actes que l'esprit humain. Ne pouvant cependant se passer d'un motif de certitude pour les unes et pour les autres, ils transformèrent un principe faillible en un principe infaillible et proclamèrent le dogme de la souveraineté de la raison.

Mais l'homme est à la fois un être collectif et individuel. Il s'associe à ses semblables ou il s'isole en lui-même, et, dans ces deux modes de son existence, il a des intérêts distincts. La vie en société lui assure des biens nouveaux, des jouissances plus vives, une puissance plus considérable. Pour racheter ces avantages, l'individu doit coordonner ses intérêts et abandonner une partie de sa liberté personnelle à l'intérêt supérieur de la société. Le mariage, la famille, la commune, l'Etat ne peuvent subsister qu'à ce prix. Aussi, le nouveau dogme, n'ayant rien en lui-même qui établit un ordre efficace entre les deux tendances de l'homme, devait-il devenir un élément de division. Si l'individu trouve dans la société des avantages, il n'a souvent pas les mêmes intérêts qu'elle, surtout lorsqu'il s'abaisse en se vouant au matérialisme. La société vit dans le passé et dans l'avenir plutôt que dans le présent : elle veut épargner, conserver, agrandir. L'individu, au contraire, aspire à jouir actuellement. Peu lui importe de consommer, de détruire, de décroître, puisque sa vie est courte. C'est pourquoi, malgré des avantages évidents, l'individu tend-il à se révolter contre les lois qui défendent la société. Il voudrait profiter de ses biens sans se soumettre aux sacrifices qu'ils exigent. Pourquoi ne distinguerait-il pas, en effet, et se sacrifierait-il à l'ordre social, lorsque ses exigences paraissent exagérées ou injustes à sa raison? Ne possède-t-il pas aussi un droit souverain d'appréciation? Comment n'aurait-il pas le pouvoir absolu de maintenir son affirmation et de résister à des ordres intéressés à ses yeux?

La doctrine chrétienne reliait l'homme à la société divine et à la société humaine tout à la fois; lui indiquait ses droits et lui prescrivait surtout ses devoirs vis-à-vis des associations diverses qui le lient d'une manière inexorable, en dépit de son égoïsme natif et dissolvant. La justice de Dieu, auteur et ordonnateur de l'humanité, constituait la sanction suprême destinée à réprimer les infractions aux lois de la sociabilité. Le dogme nouveau oppose simplement la souveraineté de la raison sociale à la souveraineté de la raison individuelle, et ne laisse pour juge de leurs prétentions réciproques et souveraines que la force et la guerre. Le pouvoir, pour subsister en face de revendications perpétuelles et absolues, devient nécessairement arbitraire, tandis que la liberté de l'individu tend à s'exprimer par la rupture des liens sociaux.

Les alternatives régulières de despotisme et d'anarchie qui se succèdent chez les Français modernes et rendent impuissant leur désir d'allier l'ordre et la liberté politiques, indiquaient que le régime de 89 contenait un vice radical. On crut que ce vice résidait dans ce fait, que la loi ne permettait l'exercice de la souveraineté qu'à quelques-uns, alors que leur principe fondamental les couronnait tous souverains. La révolution de Février supprima, en conséquence, les censitaires, appela au droit électoral tous les citoyens à partir de l'âge de vingt-un ans, et dix millions d'électeurs furent admis à décider souverainement des destinées de la France.

Une innovation aussi extraordinaire et aussi redoutable exigeait au moins des études et des précautions sérieuses. En Angleterre, lorsqu'il s'est agi de conférer à de nouveaux électeurs le droit de voter, les intérêts conservateurs se sont groupés autour de la Chambre des Lords, afin d'éviter que cette extension ne constituât un privilége au profit des classes inférieures et n'occasionnât une révolution sociale. Mais ce qui ne s'était jamais vu, chez aucun peuple, parut tout simple aux législateurs républicains, *parce que l'esprit essentiellement antisocial de la Révolution les faisait partir de ce principe, que la société est le fait inférieur et secondaire.* En présence de l'alternative que leur dogme chéri posait nécessairement entre la souveraineté de la raison sociale et la souveraineté de la raison individuelle, ils établirent que l'individu serait le souverain réel, le seul juge de la légitimité des institutions et des lois, vis-à-vis desquelles il ne serait obligé qu'autant qu'il le voudrait bien. L'autorité ne fut plus le lien nécessaire et indépendant de la société : elle n'exista qu'à la condition d'être *consentie* par chaque citoyen, et le suffrage universel fut établi afin que tous les Français pussent exprimer leur volonté de vivre en société, ou le refus de se soumettre à ses obligations.

Ainsi se préparait le terrain où se placeraient avec avantage tous les ennemis du régime quatre-vingt-neuviste, coalisés avec ceux de l'ordre social lui-même; mais les naïfs partisans de la Révolution modérée n'aperçurent dans le suffrage universel que le moyen de former une « résultante générale » de toutes les volontés souveraines, dans laquelle on pourrait trouver l'expression pacifique et indiscutable de la souveraineté nationale tout entière. Ils espérèrent arrêter les entreprises de l'individualisme par les affirmations solennelles de la volonté générale, et éviter à la fois le despotisme et le désordre. Longtemps, cette illusion a été le partage de la très-grande majorité des hommes politiques français. Aujourd'hui, beaucoup croient encore qu'en lui éclate « la majesté » de la raison humaine, et que « nul principe ne lui est supérieur. »

L'Eglise et l'ancien régime avaient organisé le droit de suffrage, en l'entourant de toutes les conditions que la raison exige pour qu'il puisse être son expression, et non celle de la foule innombrable des sots. Les révolutionnaires en ont fait le droit du nombre, ou une variété du droit aveugle de la force. Pour préparer à la révolution matérialiste et sociale sa légalité propre, il fallait que le pouvoir tombât entre les mains des individualités les plus abaissées, pour lesquelles les intérêts sociaux se résument dans les jouissances matérielles, dans la consommation et dans la destruction. Le matérialisme révolutionnaire a donc profité des défaillances singulières de l'intelligence moderne, pour établir que le droit de suffrage appartient à tous les Français, sans distinction des questions à résoudre ni des aptitudes. Jusqu'ici, les législateurs avaient pensé qu'il importait surtout aux destinées des peuples de prendre, à tous les degrés des connaissances humaines et des intérêts, l'avis des hommes probes, sages, compétents, rangés, qui forment leur population vivante et productrice. De nos jours, le droit du nombre a établi en face de cette autorité seule respectable, celle de l'élément inintelligent, ignorant, imprévoyant, malhonnête, grossier.

Quand on remonte aux premiers jours de la Révolution, on constate les progrès que les intelligences françaises ont fait dans le désordre, en s'empreignant des idées révolutionnaires et en s'habituant à les mettre en pratique. Dans le principe, les coutumes chrétiennes et nationales conservent une certaine influence sur les esprits, et la législation nouvelle s'éloigne moins de certaines conditions raisonnables du droit de suffrage. Les premières Constitutions établissent le vote à deux degrés, l'âge de vingt-cinq ans, l'exclusion des gens à gages, la nécessité de payer une contribution. Il faut arriver en pleine Terreur pour trouver les dispositions édictées par les législateurs de 1848. Lorsque les idées des Français ont été suffisamment perverties, les uns osent emprunter à 1793 sa législation, les autres supportent patiemment que l'ineptie des foules puisse devenir la directrice suprême des destinées de leur pays.

En général, on a accusé des souffrances et des abaissements de la France moderne les « gouvernements personnels » de quelques princes ou de quelques hommes : on devrait plutôt les attribuer à leur inspirateur et à leur auteur véritable, le droit de suffrage exercé par des hommes chez lesquels les principes de la civilisation, issus du Christianisme, ont été amoindris, et qui sont en proie à toutes les excitations subversives de l'esprit révolutionnaire.

Dès que les assemblées délibérantes prennent de l'importance dans un pays, l'influence du corps électoral se constitue et devient décisive. Ceux qui sont censés diriger le gouvernement se font les courtisans des passions et des intérêts de leurs électeurs, et s'attachent à satisfaire ce que l'on appelle l'opinion publique. Ils ont de moins en moins des idées personnelles, ils vont où souffle le vent, afin que le courant des idées régnantes leur conserve la faveur électorale. Toute institution tend à durer, et un gouvernement représentatif ne saurait se perpétuer en contrariant ceux qui tiennent, par leurs suffrages, son existence entre leurs mains. Nous avons montré que tous les gouvernements, depuis un siècle, ont été au service des idées de la Révolution modérée, chères aux classes dirigeantes : les mouvements de 1830 et 1848, exécutés par des censitaires, prouvent que c'est surtout au « tempérament révolutionnaire » de la partie agissante de la nation qu'il faut attribuer ces vicissitudes.

L'institution du suffrage universel, en augmentant le nombre des électeurs et en abaissant le niveau intellectuel et moral du corps électoral, n'a pas diminué le besoin de courtiser le peuple souverain, mais il a obligé les courtisans à devenir plus abaissés et plus serviles et à préparer des catastrophes plus profondes (1).

Il s'établit, en effet, une sorte d'émulation entre ceux qui veulent gagner les bonnes grâces des électeurs et les électeurs eux-mêmes. Ceux-ci semblent former une gageure pour savoir jusqu'où iront les postulants, et les postulants atteignent aussitôt le but indiqué par le caprice électoral : ils le dépassent même souvent, car l'on va nécessairement loin, chez un peuple qui n'a plus de principes et chez lequel l'opinion peut être formée par des hommes passionnés et ignorants. C'est ainsi que s'est produite, dans notre malheureux pays, la « surenchère » d'extravagances irréligieuses et antisociales dont nous avons été témoins à la fin de l'Empire et que nous voyons encore pratiquer cyniquement aujourd'hui. Les professions de foi athées, les enterrements solidaires, les serments de haine à la société, à la bourgeoisie, au capital, à la famille, sont le fruit de ce besoin de satisfaire aux passions antisociales et insensées de la catégorie d'électeurs, qui tend à devenir la plus nombreuse chez un peuple démoralisé et matérialisé.

La foi enseigne aux chrétiens que l'homme est incliné au mal ; mais combien cette tendance n'apparaît-elle pas davantage, lorsque, à la faveur du désordre moral et matériel, toutes les passions délétères du cœur humain espèrent

---

(1) M. Prévost-Paradol avait dit (*France nouvelle*, p. 103) : ou le suffrage universel « obéit à la direction du pouvoir exécutif, ou il est livré » à lui-même. » Dans le premier cas, « le pouvoir, disposant du vote » populaire, devient à lui-même son propre juge ; il fait ce qu'il veut, » tout en paraissant se soumettre à la volonté nationale. » Dans le second, « *il paraît difficile qu'une nation, dont la conduite est souverai-* » *nement déterminée par le vœu d'une majorité privée de lumières suffi-* » *santes, ne commette pas de grandes fautes et ne subisse pas de cruels* » *malheurs.* »

trouver leur satisfaction. Avec quelle facilité ne suscitent-elles pas de ces mouvements qui font apparaître dans son horreur le côté niais et féroce de l'humanité. Nos assemblées révolutionnaires, nos clubs, nos réunions électorales ne nous montrent-elles pas des orateurs et des hommes d'Etat emportés par cette fièvre et proposant les projets les plus déraisonnables, pendant que d'autres, de peur de paraître modérés, imaginent des mesures plus absurdes et plus odieuses encore? Ces actes sont accomplis souvent par des gens étonnés de proférer de pareilles énormités, en face de gens effrayés de les entendre; néanmoins, ce qui est dit, est dit; ce qui est fait, est fait; ce qui a été convenu l'est bien. Des hommes qui ne sont ni sots ni méchants ont souscrit, pour conquérir la popularité et les emplois publics, à une suite de projets idiots et malsains, enfantés par le délire de la multitude. Ils appellent cela *leur programme*, et, le moment venu, ils le mettent à exécution pour ne pas manquer à leur parole et à leur parti, la France dût-elle en périr.

Le caractère d'incohérence et de déraison imprimé à la vie nationale des Français modernes par l'intervention de l'élément inintelligent et imprévoyant, dans leurs affaires, est attesté par des faits irrécusables.

Sans parler des nombreuses révolutions accomplies par l'écume de la population parisienne, ne rappelons que les faits récents. L'utopie de la « nation armée, » rendue populaire par la presse démocratique, empêcha le gouvernement de Napoléon III de maintenir le contingent de l'armée au chiffre nécessité par les armements menaçants de la Prusse. Les hommes *sérieux* du parti démocratique se croyaient obligés de soutenir cette absurdité, pendant que la crainte de voir exploiter par eux, auprès des électeurs ruraux, l'institution de la garde mobile, empêchait l'organisation de ce corps. C'est pour satisfaire les passions socialistes et antichrétiennes des centres ouvriers et des grandes villes, que Napoléon III imposa au Corps législatif et au Sénat la loi sur les grèves et sur les coalitions, qu'il abolit les livrets et la prison pour dettes, qu'il fit la guerre au catholicisme. Afin d'attirer les multitudes par l'appât des jouissances, il laissa multiplier les cabarets, les cafés chantants, les bals publics, les théâtres, s'inquiétant peu de savoir si l'âme de la France ne se dégraderait pas dans cette boue, pourvu que la masse électorale restât la matière docile des plébiscites (1).

Après le 4 septembre, la nécessité pour les gouvernants de compter avec les exigences de la partie réfractaire à la civilisation du peuple souverain, apparaît d'une manière encore plus frappante par des mesures inconcevables au point de vue du sens commun chez les peuples civilisés. On peut citer en ce genre : l'élection des officiers par les soldats, la destitution des généraux accusés de trahison, leur remplacement par des avocats et par des apothicaires, l'exclusion de tous les services publics des Français non-républicains, la dissolution de toutes les assemblées régulièrement constituées, les préoccupations socialistes dominant jusqu'au soin de défendre le territoire où le socialisme se proposait de régner, la tolérance pour les attentats du 31 octobre et du 27 janvier, les grandes villes bravant le pouvoir central, l'anarchie se mêlant délibérément à la conquête étrangère, le désarmement de la garde nationale parisienne refusé et la guerre civile s'efforçant d'achever la ruine de la patrie, commencée par la guerre étrangère.

Il faut se reporter aux époques de décomposition finale des grands peuples, pour observer une explosion plus complète de la déraison humaine. Mais l'institution du suffrage universel conduit à des résultats encore plus extraordinaires, s'il est possible. L'accumulation de folies coupables que

(1) On doit faire remarquer aussi que les hommes politiques qui ont marqué dans ces derniers temps par leur incapacité et par les conséquences désastreuses de leurs bévues, les Em. Ollivier, les J. Favre, les Gambetta, les J. Ferry et autres étaient les favoris du suffrage universel.

nous venons de décrire, était produite par l'influence logique, mais indirecte, sur la conduite des affaires, d'un corps électoral mal conçu et mal établi. La constitution d'un gouvernement républicain parlementaire met la France en présence de l'action directe de ce même corps électoral, et de l'éventualité d'une légalisation de l'insanité et du mal.

La société, en effet, a été constituée par Dieu, suivant des lois invincibles, sinon elle l'est par l'homme, suivant des conditions qui dépendent de lui seul. Dès lors l'individu a le droit d'accepter ou de répudier ces conditions, de permettre à la société de vivre, ou de la tuer. Le dogme de la souveraineté de la raison a suscité par là l'antagonisme le plus effrayant qui ait paru sur la terre. Ce ne sont plus les barbares de l'Asie qui assaillent les parties civilisées du monde, ce sont ces parties elles-mêmes qui se scindent et se déchirent au milieu de leur richesse et de leur splendeur. Le dogme nouveau a permis aux forces malfaisantes qui surgissent en si grand nombre dans l'humanité, et qui, jusqu'ici n'avaient invoqué que la force, de se grouper, d'attaquer et de détruire, en vertu d'une légalité nouvelle, la société leur ennemie. La France n'est plus seulement une arène où luttent des partis, elle se divise en deux catégories de citoyens dont *l'idéal social est opposé et dont cependant les droits sont égaux.* Jusqu'ici, le droit qu'ont les peuples de durer et de grandir avait paru supérieur à la faculté que possède l'individu de vivre à l'état sauvage, aujourd'hui le dogme de la souveraineté individuelle légitime tous les penchants insociables, et le suffrage universel donne à l'individualisme le moyen de les transformer en lois.

Déjà, la composition étrange d'un grand nombre de conseils de communes, d'arrondissements et de départements avait montré ce résultat du suffrage universel s'exprimant par l'oppression des gens sensés et des intérêts réels; néanmoins il a fallu l'élection des Ranc et des Barodet pour faire apercevoir ce nouveau danger de la société française aux yeux aveuglés des conservateurs-libéraux. Grâce au suffrage universel, il n'y a plus en France ni incapables, ni ignorants, ni fous, ni coquins. Le radicalisme réunit sous la même bannière les ambitieux que l'ordre établi arrête, les ennemis de toute société que ses lois gênent, et les hommes amenés par la logique des idées révolutionnaires à vouloir remplacer la société bourgeoise par la société prolétaire. Il fait de tous ces *ennemis intérieurs de la nation* un parti politique, qui s'avance au scrutin armé de ses bulletins de vote comme il s'avançait, le 18 mars, armé de chassepots et de canons. Ce parti a ses journaux, ses assemblées publiques et ses associations secrètes qui signalent journellement l'ordre social à la haine des classes inférieures, c'est-à-dire de la majorité des électeurs. Il ne craint pas d'annoncer qu'il passera sur la France comme une horde de barbares, en renversant les institutions, en brûlant les monuments et les villes, en exterminant des Français. Aussi les lois sociales sont-elles publiquement condamnées par lui et la ruine de la société préparée. Les classes dans lesquelles se personnifie au plus haut degré, par l'éducation, par la science, par la richesse, la vie nationale, sont désignées comme des victimes justes et nécessaires; leurs biens sont jetés d'avance en proie à toutes les cupidités; de misérables intrigants spéculent, jusque dans les localités les plus infimes, sur toutes les passions malsaines du cœur humain pour gagner, en les alléchant par l'appât d'un pillage légal ou fortuit, les volontés souveraines des électeurs, au radicalisme.

La Révolution est ainsi arrivée à placer en face les uns des autres les hommes qui font la honte et la ruine des peuples et ceux qui constituent leur puissance et leur gloire, et à faire admettre que les premiers, en appelant à leur aide l'astuce, la calomnie, la violence, la cupidité, la décomposition sociale, pourraient prédominer légalement sur les seconds par le droit de suffrage. En sorte que le moment arriverait fatalement où la société et la civilisation dépendraient du sort d'un scrutin, où la France pourrait passer subitement du christianisme, de l'ordre, du respect des lois naturelles à l'athéisme légal, à l'anarchie légale, à la spoliation et à la proscription légale de ses meilleurs citoyens.

Certes, si un pareil spectacle est lamentable et honteux pour la dignité humaine, il est digne d'admiration quand on envisage la grandeur de la leçon donnée par la Providence à cette société de 1789, qui prétendait se passer de Dieu et résoudre par les seules lumières de la raison le problème de la vie. Voilà donc où l'ont conduite ces dogmes dont elle était si fière ! La souveraineté de la raison lui impose l'obligation de supporter que des hommes nient la supériorité de la raison, de la société, de la civilisation. Le suffrage universel donne aux imbéciles le droit de transformer le faux en vrai, aux malfaiteurs le droit de faire du mal le bien, aux Français insociables celui de détruire leur pays. Les conditions de la vie humaine deviennent variables avec les votes. Au 8 février 1871, le peuple souverain approuve la famille, la propriété, la religion, la liberté ; demain il établira légitimement le contraire. Ce qui était juste ne l'est plus : le Français, propriétaire hier, a cessé de l'être, en attendant que celui qui s'est emparé de son bien cesse de le posséder à son tour. La raison humaine est la mesure du droit, et elle reste infaillible et souveraine quand elle décide à présent ce qu'elle niait hier, quand elle proclame la légalité de la folie et du mal, en ne laissant à la sagesse et à la vertu que le droit de subir la souffrance et la mort.

Mais la vengeance divine réservait à cette société, folle jusqu'au bout de scepticisme et ennemie des principes immuables, un châtiment plus extraordinaire encore. Les classes qui représentent l'intelligence des Français au XIXe siècle, menacées par la déraison, craignent par-dessus tout d'amoindrir son empire. Oui ! les conservateurs auxquels incombent le devoir et le droit de sauver la France en se sauvant eux-mêmes, maîtres une seconde fois du gouvernement et avertis par les résultats révolutionnaires des élections hésitent cependant encore devant le suffrage universel et ses vices. Lorsqu'il s'agit de rétablir les conditions que la sagesse de l'Eglise et de nos pères avaient imposées au droit du suffrage, ils ont encore peur « de remonter, » de « faire revivre le passé, » de « mécontenter » la Révolution. Lorsqu'il faut empêcher « la peste morale » du socialisme dont les générations actuelles sont atteintes, d'arrêter la vie de la nation française, on craint « l'impopularité et » l'opinion publique ; » lorsqu'il est indispensable de préserver la richesse nationale et le droit de propriété contre les « fous furieux » qui ont jeté quinze milliards au vent du 4 septembre et qui menacent d'anéantir le capital amassé pendant des siècles de travail et de civilisation, on repousse des « mesures appuyées sur des considérations très-sérieu- » ses, » mais qui « sembleraient être un *privilége* accordé » à la fortune. »

C'est par ces motifs que l'on ne veut pas le double vote des pères de famille, trois ans de domicile, l'obligation de payer une contribution, l'admission des plus imposés dans les conseils municipaux. Ce ne sont pas des radicaux qui sont les adversaires les plus acharnés de l'introduction de quelques principes conservateurs dans nos lois électorales. Non ! ils laissent ce soin aux libéraux. Ces lois, que la majorité dévouée à l'ordre aurait dû faire au lendemain du 8 février, sont ajournées sans cesse ; elle ne peut parvenir à s'entendre à ce sujet, parce qu'une grande partie de ses membres ont surtout peur que le parti conservateur devienne trop fort contre la Révolution. Les conservateurs-libéraux ne comprennent pas que, munis de ces armes, ils auraient grand'peine à vaincre la Révolution sociale : l'instinct même de la conservation disparaît devant les passions vivaces du libéralisme, et si le radicalisme les effraie, *le mal suprême de la société moderne leur paraît toujours être la Réaction ou la Réforme* (1).

(1) On doit constater que la plupart des conservateurs-libéraux, ne voulant pas aborder la loi municipale et la loi électorale par leur côté véri-

XI.

La souveraineté du peuple et la bourgeoisie.

Le régime de 89, que nous avons vu naître des préoccupations égoïstes du Tiers-Etat, et qui a eu ses principes arrêtés et sa politique suivie pendant un siècle, a porté de ses propres mains les coups les plus rudes à son existence. Nous avons montré que, sous l'action de ses idées et de ses institutions favorites, son système de Révolution modérée ne peut plus subsister, parce qu'il lui a enlevé sa condition essentielle, le despotisme impérial; nous devons ajouter, qu'en maintenant imprudemment le droit du nombre dans toutes les conditions déraisonnables où il a été établi en 1793 et en 1848, le quatre-vingt-neuvisme a arraché lui-même, contrairement à ses intérêts, la possession de la souveraineté du peuple à la classe qui en avait joui jusque-là, pour la donner à une partie de la nation totalement différente.

Ce sont là des considérations importantes et auxquelles il est bon de s'arrêter avant d'aller plus loin, puisque les destinées de ce pays ayant été remises au principe de la souve-

---

table, qui est la *réforme sérieuse* du suffrage universel, n'ont pas craint de revenir au système impérial de la nomination des maires par le gouvernement et aux candidatures officielles. Ils prônaient naguères la décentralisation, mais en refusant de sortir de la Révolution, ils se sont acculés à cette vérité, que nous ne nous lasserons pas de répéter, à savoir, que la Révolution modérée ne peut vivre que par le despotisme, et que, en dehors de lui, elle tombe fatalement dans l'anarchie que ses principes engendrent nécessairement.

raineté du peuple, *tout déplacement de ce principe implique un changement de politique et même d'état social.*

Nous avons vu, dès le début de cet ouvrage, que, parmi ses résultats considérables, le mouvement de 89 avait eu, en premier lieu, celui de changer radicalement le mode de constitution du pouvoir souverain et, secondement, celui d'établir dans le pays la domination, sans transaction et sans contre-poids, des idées et des intérêts d'une caste. La Révolution a substitué à la stabilité du pouvoir par la monarchie légitime et héréditaire, l'instabilité par des dévolutions successives, irrégulières, partiales et despotiques de la souveraineté.

Le pouvoir a été vacillant dans la nation, et la constitution est devenue aussi mobile que lui.

Rien d'incertain, faisions-nous remarquer, comme cette question qui s'est posée tant de fois dans la France moderne : Où est le peuple souverain? Un pouvoir terrible a été établi, qui a le droit de détruire et d'édifier tout ce qui lui plaît, qui débute en renversant une société vieille de quatorze siècles et en méconnaissant toutes les lois divines et humaines; cependant ce pouvoir est un jour ici et un jour là. Aujourd'hui, il concédera aux foules, demain, il livrera à un individu le droit d'opprimer trente-cinq millions d'hommes, de leur imposer les croyances les plus folles et les institutions les plus contraires à la nature : après toutes ces douleurs et toutes ces hontes, les Français sauront-ils mieux où est le souverain? Non! les uns diront encore : il est ici; les autres : il est là. Chacun continuera de raisonner suivant ses idées et ses intérêts, et sera prêt à se battre ou à se croire opprimé, si un souverain de son choix ne sert pas ses passions et ses convoitises.

En plaçant la souveraineté dans le peuple, la conséquence naturelle devait être, en effet, que les groupes principaux de ce peuple se disputeraient la possession exclusive d'un pouvoir irresponsable et illimité, qui donne à la catégorie assez habile ou assez forte pour s'en emparer, la physionomie et les allures d'un vainqueur, maître de changer les lois politiques et les lois sociales elles-mêmes, afin de se saisir du gouvernement et des honneurs de l'Etat, et de s'approprier les biens des catégories vaincues.

C'est pourquoi la redoutable question fut débattue pendant plusieurs années, après le 21 janvier 1793, au milieu des angoisses et des larmes, à la tribune et dans la rue, dans la boue et dans le sang, au risque d'emporter dans ces compétitions la patrie française. Le Tiers-Etat avait mis, par la double représentation, la main sur le principe de la souveraineté du peuple, et s'en était servi pour renverser l'ancienne Constitution ; mais le soin de ses intérêts matériels, compromis par l'anarchie sans cesse envahissante, le portaient à chercher un moyen terme qui, tout en maintenant le principe nouveau intact, assurerait à la caste victorieuse la jouissance stable de ses usurpations, par l'organisation d'une monarchie républicaine ou élective. Le Tiers avait voulu, pendant quelque temps, employer à cet usage le prince qui fut Philippe-Egalité : il chercha en vain dans cette intrigue et dans d'autres une solution, qui ne devait être donnée que par l'épée.

Quand un pays n'est pas organisé sur l'égalité de tous les citoyens devant la loi nationale, mais sur cette idée, qu'une partie considérable de la nation doit être sacrifiée à une autre dans ses idées et dans ses intérêts, ce pays prend la physionomie d'une terre conquise, et la force seule peut établir et faire durer une pareille situation. « Alors que » la Révolution française, » dit M. Em. Ollivier, « allait » être emportée par la réaction, le *sentiment démocra-* » *tique* s'unit à la légende Napoléonienne, et, sous une » autre forme, recommença la seconde œuvre française, la » royauté. »

La main de fer de Bonaparte, empereur et roi par la grâce du peuple souverain, pesa rudement sur la France ; mais le Tiers-Etat ne songea pas à élever contre lui le fameux principe, terreur supposée de tous les tyrans, car l'Empire réalisait l'alliance idéale de l'ordre matériel et des idées de la Révolution. Il ne se rappela de la souveraineté du peuple, que lorsqu'il s'agit pour lui de renverser la branche aînée des Bourbons, dont il craignait l'esprit de justice et de liberté, et par qui la France paraissait être rentrée dans le vieux droit national du pouvoir héréditaire et légitime.

Il pensa que peut-être un jour, l'ordre naturel de succession au trône y ferait monter un prince animé du désir de reconstituer l'intégrité et l'unité de la nation, décidé à faire passer la liberté avant l'égalité et à empêcher que la France fût le théâtre d'une lutte indéfinie, pour savoir laquelle de ses catégories sociales opprimerait toutes les autres. On ressuscita donc en 1830, au moyen des ambiguités de la Charte, le principe de la Souveraineté du peuple : la dynastie suspecte d'hostilité contre la domination des classes moyennes fut exilée, et la souveraineté rentra de nouveau dans son milieu incertain pour se fixer bientôt, par l'intermédiaire d'une Assemblée révolutionnaire et d'une émeute, sur un Roi plus docile. Le coup de force de 1830 acheva la conquête commencée en 1789, de la France par une catégorie de ses citoyens : dès lors le Tiers fut définitivement par ses princes et par ses tribuns, par ses notaires et par ses avocats, par ses industriels et par ses médecins, par ses censitaires et par ses émeutiers eux-mêmes, le peuple souverain, exerçant le pouvoir, le déléguant à ceux qui lui promettaient de le servir, le retirant à ceux qu'il croyait être ses ennemis.

Mais cette restauration du principe de la souveraineté du peuple ne fut pas sans inconvénients, car des insurrections républicaines, bonapartistes ou socialistes prétendirent prouver de nouveau que le peuple souverain était ailleurs que dans le régime existant.

Ce fut alors que les hommes politiques, cherchant à déterminer plus nettement le principe de la dévolution du pouvoir et en voyant à plusieurs reprises la source dans l'insurrection, se demandèrent ce qui distinguait l'émeute honnie, qui engendre des révoltés et des coupables, de la

Révolution glorieuse, à laquelle le pays doit des héros et des initiateurs et surtout des maîtres. Les journées de février 1848 vinrent montrer qu'une Révolution est une émeute qui réussit. Une centaine d'hommes, agissant sur une société qui ne croyait plus à la souveraineté distincte du peuple quel qu'il fût, et sur une royauté qui n'avait pas foi en elle-même, décidèrent la question. Il fut acquis que la souveraineté résidait dans tout groupe du peuple qui est assez fort pour vaincre ses adversaires par tous les moyens, et assez bien organisé pour imposer ses idées et son système au reste de la nation, quand même ce reste en constituerait la masse.

C'est ainsi que les Français furent dotés du gouvernement républicain de février 1848. Mais à ce moment, une institution nouvelle allait permettre de déterminer la souveraineté populaire comme elle ne l'avait jamais été, c'est-à-dire avec un certain ordre et une certaine solennité. Un moyen avait été trouvé de traduire au grand jour les idées et les aspirations qui s'agitent dans les masses et d'en faire la somme. Le suffrage universel, c'est la souveraineté populaire qui s'exprime elle-même. Un clavier immense et sonore existe par lui, sur lequel l'âme du peuple exécute les modulations de ses volontés : rien de plus simple dès lors que de nommer des représentants de cette résultante générale de la volonté souveraine, qui seront ses délégués et souverains comme elle. La nation pourra ainsi « avoir la direction et le dernier mot dans toutes les affaires qui l'intéressent (M. Gambetta). »

Les conséquences d'un principe ne se déroulent pas d'un coup et une nation apprend peu à peu ce qu'il vaut; le dogme de la souveraineté du peuple a mis un demi-siècle à se développer, et le suffrage universel l'accomplit. Dès que le nouveau mode est mis en usage, le peuple souverain n'est plus dans le vote des classes privilégiées, ni dans la lutte des rues, ni dans le tumulte des assemblées : il est dans la consultation régulière et plus ou moins répétée de toutes les volontés de tous les citoyens. « Lorsque les masses étaient privées du droit politique, » dit un oracle du temps présent, « lorsque la vie publique était le privilége exclusif » de certaines classes, les manifestations populaires pou- » vaient être jusqu'à un certain point l'extrême ressource » et la raison suprême des partis » en peine de savoir dans quel groupe du peuple résidait le pouvoir. Aujourd'hui il suffit de consulter le nombre, et le nombre répond : « C'est moi, qui suis le vrai souverain ! C'est moi, qui ai le droit de forcer à croire ce que je pense et à faire ce que je veux. La vérité, ce sont les mots que je prononce ! la justice, ce sont les actes que j'accomplis ! Les vaincus du scrutin sont hors de ma loi, et je puis légalement m'emparer de tous les biens, comme je puis exterminer tous les factieux qui ne reconnaissent pas ma domination. »

Une pareille institution impliquait logiquement la destruction de l'empire exercé jusque-là par le Tiers-Etat. Un homme politique du régime de 89 avait soupçonné le coup qui allait être porté à sa caste, lorsqu'il s'écriait : « Non ! il » n'y aura pas de jour pour le suffrage universel ! » (M. Guizot). L'événement a prouvé qu'il se trompait. « Le jour » du suffrage universel était venu, et l'influence du nouveau dépositaire de la souveraineté du peuple apparut par la formation d'un puissant mouvement d'idées et d'aspirations hostiles à l'ensemble de choses et d'institutions, que l'on commença à désigner dans le langage politique sous le nom de l'Etat Bourgeois.

L'effroi fut grand chez les quatre-vingt-neuvistes, et ce sentiment les porta à favoriser l'avénement du second empire. Ils avaient cru trouver encore un « sauveur » dans un Bonaparte, mais Napoléon III ne sauva que le suffrage universel et la Révolution hostile au régime privilégié ou censitaire. Son élévation fut en partie l'œuvre du nouveau peuple souverain, et l'on entendit plus tard un avocat bourgeois constater avec dépit cette intervention : « Puisque c'est vous, » MM. les ouvriers qui, seuls, avez fait l'Empire, c'est à

» vous de le renverser seuls » disait-il. (Voir la note de la p. 42.)

Des plébiscites répétés vinrent confirmer cette délégation, et l'élu du peuple la reconnut en portant plusieurs lois, qui rendirent évident l'antagonisme entre *l'ancien régime* et celui qui ressortait des tendances du suffrage universel. Napoléon III fut le propagateur de la Révolution radicale par l'agitation antichrétienne et matérialiste, comme Napoléon Ier l'avait été de la Révolution modérée par la législation et par la guerre. Sous son impulsion, la bourgeoisie fut représentée comme une sorte d'aristocratie, condamnée elle aussi par le progrès ; l'influence de ce groupe décrut, pendant que le nouveau peuple souverain devenait le favori de l'opinion. La société, les intérêts, les idées sur lesquels la bourgeoisie avait appuyé son pouvoir furent l'objet d'une critique impitoyable. Un esprit ardent de nouveauté et de réforme sociale envahit la nation, au point que, à la veille de Sedan, le ministre dirigeant de l'Empire, M. Em. Ollivier, se croyait obligé de la constater et de la courtiser en ces termes :

« Dans le passé, il n'est pas un progrès qui n'ait pu se réa-
» liser, et, dans l'avenir, il n'est pas un progrès qui ne se
» réalise avec ce gouvernement........ Les *satisfactions*
» *légitimes qui peuvent être accordées à tout ce mou-*
» *vement socialiste, qui est le trait caractéristique de*
» *la situation actuelle*, ne peuvent l'être que par un gou-
» vernement fort, garantissant l'ordre et ne donnant le pos-
» sible que parce qu'il est sûr de vaincre l'utopie et la chi-
» mère. » (Discours au Corps législatif, 5 avril 1870.)

Depuis cette époque ce mouvement s'est inscrit dans l'histoire de la France par des faits tels, que son existence ne peut plus être niée et que sa signification se confirme à chaque instant par la lutte ardente du *nouveau monde contre l'ancien.*

On raconte que dans cette séance du 5 mai 1789, où le Roi Louis XVI parut pour la dernière fois avec l'éclat dont l'ancienne France entourait ses princes, le fougueux orateur du Tiers-Etat, Mirabeau, désignant à ses compagnons l'auguste monarque, s'écria audacieusemant : « Voilà la Victime ! » Aujourd'hui le souverain vacillant et brutal que la France préfère n'a plus de rival à craindre ni à immoler; mais, des abîmes de déraison et de désordre que le principe de la souveraineté du peuple recèle, s'élève de nouveau une voix audacieuse qui dit aussi en désignant la bourgeoisie : « Voilà la victime ! »

XII.

La Révolution radicale.

Il est à remarquer, que, depuis un siècle, tous nos gouvernements successifs, bien qu'ils se soient étudiés à satisfaire la Révolution et qu'ils se soient faits ses esclaves, ont tous été renversés par elle. *La Révolution poursuit donc un but qu'aucun d'entre eux n'a réalisé pleinement, quelque détestable qu'il ait été.* M. Gambetta disait, le 10 janvier 1870, au moment où le gouvernement impérial préparait le 4 septembre : « La Révolution, on s'en plaint, on la re-
» doute; à qui donc la faute? A ceux qui veulent la monar-
» chie avec des institutions qui la corrompent, ou la démo-
» cratie avec des institutions qui la faussent? Nous, ce que
» nous voulons, ce sont des formes en harmonie avec le
» principe de la souveraineté nationale. » Et M. Jules Favre, complétant cette pensée, disait, dans la même séance : « Le
» suffrage universel et la volonté nationale sont supérieurs
» à tout établissement politique ; ils n'ont jamais dit le der-
» nier mot. » Enfin, le ministre lui-même du gouvernement impérial joignait, quelques jours après, sa voix à ce concert (Em. Ollivier, 15 janv. 1870) : « Nous ne pouvons
» vous dire notre dernier mot ; car, en politique, il n'y a pas
» de dernier mot. Le dernier mot du jour n'est jamais que
» le bégaiement confus de l'articulation du lendemain. »

Telles sont les niaiseries politiques en vertu desquelles les Français cherchent, depuis un siècle, à travers la boue et le sang, la signification réelle de la Révolution. S'ils n'ont pas encore trouvé le bonheur et la paix sous sa conduite, c'est leur faute. Pourquoi ne la suivent-ils pas avec confiance, partout où elle veut les conduire, fût-ce au milieu des mares de sang du couperet national, des distributions de biens nationaux, des turpitudes du 4 septembre, des flammes de Paris et des fusillades de la rue Haxo! A quoi leur sert-il de s'arrêter et de reculer, puisque « le bégaiement confus » de la veille finit toujours par devenir « l'articulation du » lendemain? » « Toutes les fois qu'un régime électoral » fonctionne, dit M. Gambetta, il crée à son image une nou- » velle couche sociale, qui marche vers une réalisation de » plus en plus consciente de l'idéal créé par la Révolution » française. » A côté « de ce monde qui s'annonce, » il y a » le monde qui finit. C'est ainsi qu'il y a « deux Frances; » » deux tendances représentées par des passions et par des » intérêts rivaux. »

Ces « deux Frances, » ces passions, ces intérêts rivaux, nous les avons étudiés. Dès le commencement de la Révolution, l'égalité est représentée comme un principe absolu, dont le développement nécessaire doit faire succéder à l'égalité des droits politiques, l'égalité des classes et des jouissances. Le mouvement de 1789 n'est, aux yeux des docteurs de la nouvelle loi, qu'une « révolution socialiste... faite au profit d'une classe intéressante de « travailleurs, » au profit de la bourgeoisie. Cette classe voudrait arrêter la Révolution devant le régime qu'elle a créé suivant ses idées et ses intérêts; mais la Révolution doit aller vers l'idéal; car une « partie du peuple n'a pas vu, en 1789, la dernière étape du progrès (M. L. Blanc, 6 mars 1872). » La gloire et la popularité des socialistes modernes tient à ce qu'ils « ont fait luire un rayon d'espoir parmi les malheureux. » Bien loin de prononcer sur le sort des « déshérités » l'anathème des heureux du monde bourgeois, ils leur ont appris que « la science et le progrès peuvent sinon venir à bout de la » misère, du moins lui trouver des limites. Et qui pourrait » dire où l'amélioration s'arrêterait? »

Et en effet, dans un temps et chez un peuple où l'imagination l'emporte si ouvertement sur le sens pratique, où l'opinion surexcitée par l'idéologie attribue à la science et au progrès un pouvoir illimité, à quoi les hommes politiques pourraient-ils appliquer plus justement cette faculté de la perfectibilité indéfinie, qu'à l'abolition de la misère et du malheur? Quoi! l'humanité moderne supprimerait les distances, percerait les isthmes, dompterait l'électricité, affranchirait les esclaves et les consciences, et elle reculerait devant le problème de la pauvreté, de la souffrance, de l'inégalité! Anéantir ces ennemis séculaires de l'humanité, tel est le « dernier mot du jour » de la Révolution : « Nous » combattons, s'écrie l'un des chefs du mouvement socia- » liste, pour l'établissement de la justice et *pour la propa-* » *gation du bonheur parmi les hommes* (M. Gambetta, dis- » cours à Versailles). »

Le socialisme naît logiquement du scepticisme et des aspirations matérialistes de ce siècle, chez les individus dévergondés ou ambitieux de la bourgeoisie et chez les classes inférieures, auxquelles le régime quatre-vingt-neuviste a appris que la pauvreté est le mal et la richesse le bien. Nous avons vu ces doctrines décevantes se propager et se développer au milieu des centres ouvriers et des grandes villes, en y déposant le germe de la guerre civile et en y occasionnant les révoltes formidables des multitudes, revendiquant le droit au bien-être, aux honneurs, au plaisir. Aujourd'hui, le suffrage universel a changé les termes de cette guerre. Les prolétaires n'ont plus aucun intérêt à présenter leurs poitrines aux baïonnettes du régime de 89, puisque celui-ci laisse entre leurs mains l'arme la plus redoutable : « Comme les ouvriers forment la majorité dans » toutes les nations, leurs destinées seront tôt ou tard entre » leurs mains et tout ce qu'ils auront résolu, ils l'exécuteront » (journal l'*International*). » Le suffrage universel, en donnant la prédominance aux classes inférieures sur les autres, dégage la formule pratique du socialisme, qui est l'avénement du prolétariat et le règne de ses idées et de ses intérêts.

Après avoir vécu péniblement, pendant quatre-vingts ans, sous la domination des préjugés et des institutions intéressées imaginées par le Tiers, la société française est donc menacée de tomber sous le joug d'un quatrième Etat. « La Révolution française va toujours croissant ; elle trans- » met le pouvoir du roi à la noblesse, de la noblesse à la » bourgeoisie, de la bourgeoisie aux ouvriers. » On a tant dit à ces derniers que le temps présent était leur siècle, qu'ils ont fini par croire que leur caste était l'élément indispensable des sociétés. Le Tiers avait la même outrecuidance coupable lorsqu'il se laissait dire par Sieyes qu'il était tout, et qu'il se constituait tout en effet. Ces prétentions se valent : aux yeux du philosophe et du véritable homme d'Etat, elles sont des usurpations, aboutissant nécessairement à un despotisme odieux.

Il est inadmissible pour la raison, que les destinées d'un peuple se résument dans les pensées, dans les intérêts, dans les passions d'une caste : l'idée de nation est plus large. L'intelligence et l'activité humaines laissées à elles-mêmes créent, dans les sociétés délivrées de l'esclavage par le Christianisme, trois classes distinctes : celle qui se livre aux travaux manuels ; la classe intermédiaire, qui s'occupe des intérêts commerciaux et industriels ; celle enfin qui a le soin des intérêts généraux ou supérieurs. Toute constitution qui contrarie ce classement est contraire à la nature des choses, et elle occasionne dans la nation les troubles violents qui se manifestent dans un corps, auquel on retrancherait un de ses organes essentiels. Chacune de ces classes est nécessaire à la vie sociale ; elles ne peuvent se passer les unes des autres, et la perfection consiste à ce qu'elles vivent, animées du même esprit religieux et national, ordonnées et unies, s'estimant et se secourant, se soutenant les unes les autres, libres dans leurs sphères réciproques, et travaillant à la défense et à la grandeur du peuple qu'elles constituent.

La Révolution française a substitué à cette organisation

naturelle l'idée de l'*égalisation* des classes. Le principe d'égalité exige qu'il n'y ait plus de classes distinctes, plus de droits, plus de libertés particulières ni propres. Ce mouvement insensé a commencé par l'abaissement des existences françaises au niveau de la bourgeoisie. Aussi, depuis 1789, nos hommes d'Etat répètent-ils à l'envi cet adage : « Nous autres, Français modernes, nous préférons l'égalité » à la liberté. »

Et de fait, il est tout simple qu'une société éprise de l'idée d'égalité épuise tous les genres de despotisme, puisque c'est à la nature elle-même qu'elle déclare la guerre et qu'elle est obligée de faire des lois, soit pour comprimer à chaque instant l'activité inégale de ses citoyens, soit pour abaisser leur intelligence et leur cœur à un niveau sans cesse décroissant. Le régime de 89 a voulu qu'il fût impossible à la classe des intérêts généraux d'exister avec ses lois et ses libertés propres. Nous avons montré comment le Tiers-Etat avait suscité ou soutenu tous les genres de dictature, à condition qu'elles établiraient et maintiendraient par des lois, par des institutions, par des mœurs nouvelles, les principes au moyen desquels il voulait fonder sa suprématie sur l'abaissement du clergé et de la noblesse. Il a cru follement que les pensées et les intérêts de la nation française se résumeraient dans ses idées et dans ses intérêts propres, et qu'il aurait la force de soutenir au même degré de prospérité et de puissance ce pays de France qui avait grandi par l'union, par le travail, par l'effort de ses diverses classes pendant des siècles. Aujourd'hui, ce rêve s'évanouit, et le prolétariat veut que la bourgeoisie, à son tour, ne puisse plus être avec ses droits et ses libertés nécessaires. « La république, dit le radicalisme, ne signifie » pas seulement absence de royauté, mais la réalisation » d'un programme d'affranchissement et aussi de *nivelle-* » *ment* (journal le *Corsaire*, oct. 1872). » C'est là « l'achèvement » de la Révolution, ayant pour but et pour résultat « l'effacement des classes et la destruction des castes, » en confondant toutes les individualités françaises dans le prolétariat, au moyen d'un système d'institutions propres à empêcher la bourgeoisie de reparaître et à répartir sur les foules les biens, les honneurs, les jouissances qu'elle avait accaparés pour elle seule.

On voit quel est le procédé de la Révolution. Après avoir inculqué à un peuple, comme des dogmes sacrés et bienfaisants, des principes absurdes et pernicieux, elle l'entraîne impitoyablement à tomber de chutes en chutes, humilié, sanglant, dégradé jusqu'à leurs plus monstrueuses conséquences. C'est en vain que la nature cherche à résister à cette servitude : elle l'entraîne et l'étreint par un ensemble de faits, d'institutions, de préjugés, de mœurs de plus en plus déraisonnables et malfaisants, qui naissent successivement des prémisses qu'elle a posées. Le suffrage universel naît du dogme de la souveraineté de la raison ou du peuple ; le droit aux jouissances et au bonheur est l'aspiration logique des classes inférieures déshéritées de la fortune et investies cependant du droit souverain du nombre ; le désir de transformer ces aspirations en réalité arme l'association internationale des travailleurs, qui devient le socialisme organisé pour l'attaque de la société bourgeoise : enfin, le droit de la force par lequel celle-ci s'est élevée sur les ruines des deux premiers ordres de l'Etat, devient le titre du prolétariat dans ses projets d'accroissement et de spoliation du troisième.

O peuple infortuné ! quelques nobles cœurs aspirent chez toi à la liberté, mais la Révolution s'inquiète peu de leurs vœux. Hier, elle exigeait du régime bourgeois le sacrifice de la liberté à l'égalité ; aujourd'hui, c'est au nom de la solidarité que tous les Français doivent y renoncer. « Ce qui » nous sépare radicalement et irrémédiablement, nous autres socialistes, s'écrie-t-elle, des hommes politiques les » plus radicaux, c'est que, pour ces derniers, la liberté est » tout... Ils disent : la liberté d'abord, la solidarité après. » Devise profondément illogique ! Nous disons, nous, et

» nous ne nous lasserons pas de répéter, la solidarité » d'abord, la liberté ensuite! (*Progrès de la Loire*, 29 avril » 1870.) »

Place donc à de nouveaux despotes et à de nouveaux tyrans! Le monde du socialisme a, comme celui de 89, ses cahiers et ses programmes, ses Mirabeau et ses Danton. De même que le Tiers-Etat avait cru que la consolidation de son empire était attachée à l'abaissement du principe religieux devant l'Etat, à l'infériorité systématique du pouvoir devant le peuple, au nivellement des conditions devant la sienne, à la dégradation des âmes par la prééminence des intérêts matériels et de la force, de même le prolétariat prétend fonder son règne sur la proclamation de l'athéisme, sur la destruction des religions et des gouvernements, sur le nivellement absolu, sur l'abolition de la propriété et de la famille. « Dieu, c'est le peuple, dit-il. Il nous faut la » disparition de tous les cultes, la substitution de la justice » humaine à la justice divine, l'abolition du mariage (pro- » gramme de l'Alliance de la démocratie socialiste). » Si nous nous « posons en ennemis de Dieu, c'est parce que » nous sommes les amis de l'homme, » et que nous voulons » transporter désormais sur la terre les espérances des » pauvres peuples (congrès de Berne, 25 sept. 1868). »

« Le travail doit être la base de la société et la source » des droits politiques et sociaux... Plus donc de propriété » héréditaire. La terre à ceux qui travaillent la terre de » leurs bras, aux associations agricoles; les instruments » de travail, tous les capitaux industriels à ceux qui tra- » vaillent la matière première, aux associations indus- » trielles.... La propriété héréditaire est l'accaparement de » tous les produits du travail collectif, accumulé par les » générations passées, au profit d'une minorité dominante, » qui, après avoir absorbé dans l'Etat la toute-puissance » du peuple, a fait servir cette puissance à sauvegarder con- » tre le peuple lui-même cette propriété, fruit d'un larcin

» séculaire (l'Association internationale aux Espagnols, oc-
» tobre 1868.) »

Plus donc d'Etat, qu'il soit « monarchie constitutionnelle, ou même République !... L'Etat ou le gouvernement n'est pas accidentellement, mais essentiellement et nécessairement l'obstacle le plus considérable que rencontre la classe ouvrière en travers de ses revendications. » La collectivité communale, libre de toute autorité supérieure et centrale, tel est le dernier terme des associations humaines. Les grandes agglomérations organisées et puissantes qui forment les peuples doivent disparaître. Le bourgeois de 89 ne voyait sur la terre que des associations commerciales et industrielles, des compagnies par actions avec un gérant révocable; le progrès rétrécit de plus en plus le regard de l'homme moderne, et le prolétaire n'aperçoit plus dans l'humanité que les liens du travail manuel : « le travailleur n'a pas de patrie. » Des associations locales de mécaniciens et de cultivateurs, reliées aussi faiblement que possible en une association universelle, et gouvernées par des chefs d'ateliers dont la fonction principale consistera à obliger tous les hommes au travail manuel, telle est l'organisation que les fortes têtes du socialisme rêvent pour le monde moderne. Et quel est le but de cette révolution nouvelle? C'est que « à l'avenir, la jouissance soit égale à la production de chacun. »

« Les pauvres peuples, » dépouillés par les calculs insensés de la Révolution modérée, des espérances éternelles, revendiquent les « jouissances de la terre. » Eh! pourquoi l'ouvrier ne dirait-il pas : « A nous les mines ! A nous les terres ! A nous l'atelier ! » Ne voyons-nous pas aujourd'hui, aux mains des commerçants et des capitalistes, les terres du clergé et des nobles ? Les ducs, les marquis, les comtes ne figurent-ils pas dans les conseils d'administration et de surveillance de toutes les compagnies industrielles? Le Tiers, au moyen de lois successorales et d'un despotisme séculaire, a forcé le second ordre de l'Etat de renoncer à ses traditions et d'adopter les mœurs et le métier du marchand; pourquoi le prolétariat n'imposerait-il pas aux Français l'abolition des cultes et du Code civil, l'impôt progressif, le communisme, la « liquidation sociale, » afin d'obliger les bourgeois, les riches, à vivre aussi de sa vie, à gagner leur pain de chaque jour, moyennant un salaire? L'idée d'égalité, en se développant, menace le Tiers de la peine du talion, l'envie bourgeoise est dépassée par l'envie prolétaire, qui s'écrie, la fureur sur les lèvres: « *Celui qui* » *ne travaille pas n'a pas le droit de vivre.* »

La Révolution est féconde en ces combinaisons, mais l'imbécillité des peuples qu'elle a séduits est plus inépuisable encore. Les basses utopies par lesquelles quelques meneurs de la classe ouvrière et quelques déclassés de la bourgeoisie expriment les idées étroites, la jalousie et les convoitises brutales des foules, sont présentées comme des axiômes d'après lesquels il faut détruire ce qui existe et fonder un monde nouveau, le monde « du nivellement et de l'effacement des « classes. » La « *destruction des castes* » *consiste à parquer tous les Français dans la dernière de toutes*, et ce *bienfait* nouveau de la Révolution doit s'acheter par la renonciation à la liberté de croire en Dieu, de vivre sous des lois stables, d'hériter de ses parents, de jouir des fruits de son travail, de sauver son âme.

XIII.

La Révolution et la France.

Nous disions, en commençant cette étude : « Quand un » peuple obéit pendant une période notable de son existence » à des idées d'un genre particulier, il se forme chez lui un » mouvement propre à réaliser ces idées dans les faits et à » aboutir à leurs conséquences extrêmes. » Tout mouvement des êtres intelligents tend, en effet, vers une fin. Nous avons étudié, l'histoire moderne à la main, les idées de la Révolution, la manière dont elles ont transformé la vie des Français, ainsi que les conséquences logiques de cette transformation, et nous avons constaté que cet enchaînement de principes et de faits acculait fatalement la société française à ce que la Révolution appelle « son achèvement. » Puisque ce mouvement arrive ainsi à son but, il est temps de jeter sur lui un coup d'œil d'ensemble, afin de juger quelle est sa signification par la fin qu'il a préparée à notre pays.

L'étude de ce puissant courant d'idées, de sentiments et de passions ardentes, qui a conquis la nation la plus impétueuse et la plus influente du monde civilisé, est curieuse et attachante pour le philosophe. Après avoir couvert la France de ruines, de sang et de honte, il l'entraîne encore à ce point, que ceux de ses enfants qui sentent la nécessité de se dérober à son action funeste, veulent au moins conserver son drapeau. La Révolution est quelquefois désignée par ses adeptes sous ce nom, « l'Idée. » Sa puissance singulière réside effectivement dans une idée originale et qui lui est propre.

La Révolution se présente, tout d'abord, comme une exaltation de l'humanité en général, et, en particulier, comme le moyen infaillible de conduire la nation française à la gloire et à la félicité. A l'entendre, l'homme, la raison, la volonté, le peuple sont des êtres doués d'une sorte de personnalité souveraine, dignes de tous les biens et possédant tous les droits. Cette glorification de l'humanité devait lui plaire. Mais « l'Idée » est plus séduisante encore. L'homme étant un être capable de commettre le mal, son action avait toujours été limitée. Le Christianisme et la philosophie enseignent que le penchant malfaisant prédomine chez lui et qu'il doit être combattu, afin de sauvegarder le bien; « l'Idée » consiste à poser le principe contraire et à dire que l'humanité est naturellement inclinée au bien, et que, entraver son action, c'est produire toutes les misères et les souffrances de ce monde. *Dès lors, la règle générale sur laquelle doit être basé le droit social est la liberté et non la loi.* La loi avait été considérée jusqu'ici comme une règle posée par la raison, afin de produire et de conserver le bien, mais elle suppose l'existence du mal : or, le mal n'étant, d'après la théorie révolutionnaire, qu'un accident occasionné par la servitude, la loi qui enchaîne la volonté est l'obstacle au bien, tandis que la liberté est son auteur essentiel.

Le sophisme était ingénieux, puisqu'il s'appuyait sur tout un côté de la nature humaine qui a toujours été réellement contenu par des lois, et qui est porté par une inclination violente à les maudire sans cesse comme un asservissement. En même temps que la Révolution paraissait ainsi avoir pour but de réhabiliter l'humanité et de préparer son bonheur, en fait, lorsqu'elle déclarait son action souveraine, c'est-à-dire sans bornes, elle émancipait par-dessus tout le penchant de l'homme au mal. C'est là que résidait tout l'intérêt de « l'Idée, » et plus cette inclination est puissante, plus la Révolution devait trouver d'auxiliaires et de soldats parmi les mille passions malsaines, qui souhaitent d'être sans frein et qui sont sans cesse prêtes à affirmer audacieusement que la justice le veut ainsi.

Cette nouvelle manière de comprendre les choses humaines se résume dans un mot nouveau : le *libéralisme*. L'homme, quelles que soient ses qualités réelles, est toujours disposé à s'admirer et à s'adorer lui-même ; le libéralisme est l'amorce au moyen de laquelle la Révolution séduit les honnêtes gens comme les coquins. C'était comprendre admirablement les faiblesses de notre nature que de lui fournir un moyen de trouver bonnes et justes toutes ses pensées, toutes ses volontés, toutes ses actions. La liberté devient, au XIXe siècle, la faculté essentielle et maîtresse, et bientôt la raison elle-même s'efface devant elle. Pendant que les libéraux naïfs se persuadent qu'ils brisent des fers et qu'ils émancipent l'activité bienfaisante de l'humanité, « l'Idée » est bien plus sûrement exploitée par l'égoïsme des princes, des castes, des peuples, des lettrés, des ambitieux de tous grades, qui cherchent dans la liberté illimitée le moyen de satisfaire leurs convoitises et *leur haine de la loi*. La liberté de nier la vérité et de méconnaître la justice, la liberté de s'insurger contre l'autorité, la liberté de corrompre, la liberté de voler, de jouir, de décroître présentent hardiment leurs « revendications, » sous le nom de liberté de l'Etat, de liberté de penser, de liberté de conscience, de la presse, de l'industrie, de l'art, des théâtres. Il s'établit dans les esprits et dans les consciences une confusion inextricable, dont le mal profite seul.

Le libéralisme étant une conception contraire à cette donnée du sens commun et de l'expérience, qu'une inclination perverse domine l'humanité au point de lui faire éviter le bien qu'elle aime et rechercher le mal qu'elle hait, les générations modernes sont saisies d'une sorte d'aveuglement et perdent peu à peu la notion de la différence entre le bien et le mal. Voici comment s'exprimait déjà, il y a vingt-cinq ans, au sujet du libéralisme, un roi de l'Europe effrayé de ses effets : « Croire au témoignage de ses yeux, c'est, pour

» les libéraux, le fait d'un insensé. Rapporter les faits à des » causes parfaitement établies et connues depuis longtemps, » c'est pure superstition... On croit loyalement favoriser le » progrès ; on se félicite d'y contribuer et, tournant le dos » au but, on court ventre à terre à l'abîme... Ce qui est » noir devient blanc ; la nuit est appelée le jour, et les vic- » times de cette folie coupable et maudite sont presque » mises au rang des Dieux (lettre du roi Frédéric-Guillaume » au chevalier de Bunsen, 1848). » Aussi l'ère révolutionnaire apparaît-elle comme l'époque du déchaînement le plus extraordinaire du mal, en ce sens, qu'en vertu d'un principe généralement admis et contraire à la raison, ce déchaînement est légal et s'établit peu à peu par des institutions et par des mœurs.

En partant de l'idée que la liberté est le bien, et que la loi est l'obstacle au bien, il était logique qu'il se formât un courant dominant de révolte contre l'autorité et contre les lois. Affaiblir à ce point l'empire de la raison, c'était faire du recours à la force l'état normal du monde civilisé, et lui donner pour idéal la destruction complète de l'empire des lois : « l'idée nouvelle » engendre ainsi le « droit nouveau. »

Le droit nouveau est la consécration de l'idée ou de la conception révolutionnaire qui, sous prétexte d'agrandir le champ du bien, a voulu légitimer les entreprises du côté malfaisant de la nature humaine. Ses dérivés sont : le droit que s'arroge l'Etat moderne sur l'Eglise de Dieu, le droit d'insurrection, le droit des nationalités et de non-intervention, la *nationalisation* des biens ou le droit de confisquer les propriétés de certaines classes de citoyens, le droit de baptiser, de marier, d'enterrer civilement, le droit de laïciser l'instruction publique et d'abaisser vers la matière la vie des peuples et des hommes.

Pour établir ces prérogatives de l'humanité moderne, l'Etat prétexte les empiétements de l'esprit religieux, le peuple prétend réprimer le despotisme, les nations et les castes veulent « propager le progrès » et « universaliser la pro-

» priété ; » le naturalisme invoque la liberté de conscience, la liberté de se passer des sacrements chrétiens ou du surnaturel. Ce sont là les maux dont la Révolution prétend préserver l'humanité, et les biens dont elle veut l'investir ; mais, en fait, l'histoire du temps présent montre l'Etat persécutant l'Eglise, les prêtres et les hommes religieux, afin d'étendre sur les âmes son despotisme ; les ambitieux renversant les gouvernements et troublant l'ordre sous le couvert de la souveraineté du peuple ; les castes retournant sens dessus dessous la société, pour lui imposer leurs préjugés et la satisfaction de leurs égoïstes intérêts ; les nations, sans scrupules, s'emparant par la force des peuples faibles ou moins préparés à la guerre. Le spectacle de la société moderne nous enseigne enfin que la liberté du libéralisme n'est, le plus souvent, que la liberté de mal penser, de mal agir, de mal vivre aboutissant à la disparition, dans cette société, de la pensée, de l'ordre, de la vie.

La *Révolution a réussi, parce qu'elle a réhabilité et légalisé le mal par un vaste et habile système.* Nous avons étudié ailleurs (1), dans leurs détails, les effets du droit nouveau sur le monde civilisé : dans la société française, dont nous nous occupons spécialement ici, la prédominance acquise au mal, au moyen du libéralisme, s'accuse par les ravages du scepticisme religieux et politique, par la faiblesse du parti conservateur et la force de l'individualisme, par l'antagonisme social et par l'amoindrissement de la puissance militaire, du territoire, de la population, de la vitalité nationale.

Ce ne sont pas les développements de l'industrie, la richesse matérielle et le nombre même des habitants qui constituent la valeur des peuples, mais leur force intellectuelle et morale. Quoi qu'en disent les matérialistes, c'est l'esprit

---

(1) *La Vérité divine et l'Idée humaine, ou Christianisme et Révolution.* Paris, 1870.

qui meut le monde, et l'on voit dans l'histoire, de petits peuples, grands par ces facultés maîtresses, conquérir sans peine des nations dix fois plus nombreuses et plus riches qu'eux. Dans la France moderne, le libéralisme a fait disparaître à peu près toutes les conditions dans lesquelles l'esprit se meut et agit. Une nation, pour posséder une intelligence élevée et puissante, doit connaître la vérité et ne pas perdre son temps à discuter les bases mêmes des opérations de la raison. « Un pays n'est pas la simple addition des » individus qui le composent, dit M. Renan. C'est une âme, » une conscience, une personne, une résultante vivante. » Mais quelle « âme » et quelle personnalité peut avoir un peuple qui, après avoir passé un siècle à rechercher la certitude dans les divagations sans fin de la liberté de penser, ne sait plus au juste quelle idée il doit avoir de lui-même, ni ce que c'est que la société, puisqu'il souffre qu'elle soit chaque jour mise en question ? Quelle « conscience » existera-t-il en lui, s'il admet que l'athéisme peut être enseigné à ses enfants, ou s'il souffre que le bestialisme leur soit présenté comme l'idéal du progrès ?

Dans cette France si agitée, si bouleversée, s'écriait « naguère un loyal soldat (M. de Chasseloup-Laubat. — » Rapport sur l'armée), quoi donc est resté debout ? Quel » principe est demeuré certain pour tous ? Chaque révolu» tion n'est-elle pas une ruine de plus sur le sol, un doute » de plus dans les esprits ? » Mais où va-t-on en accumulant les doutes sur les doutes, les ruines sur les ruines ? Où l'on va ! Les Français l'ont éprouvé au 4 septembre et au 18 mars. « Dans la lutte qui vient de finir, dit un philosophe » révolutionnaire, l'infériorité de la France a été surtout in» tellectuelle. Ce qui nous a manqué, ce n'est pas le cœur, » c'est la tête... Présomption, vanité puérile, indiscipline, » manque de sérieux, incapacité de tenir à la fois beaucoup » d'idées sous le regard, absence d'esprit scientifique, » naïve et grossière ignorance, voilà depuis un an l'abrégé » de notre histoire. Ces hommes d'Etat si sûrs de leur fait,

» se sont trouvés des enfants, cette administration infatuée,
» a été convaincue d'incapacité ; cette instruction publique
» fermée à tout progrès est convaincue d'avoir laissé la
» France s'abîmer dans la nullité... Le parti républicain
» s'est trouvé n'être qu'un halluciné prenant les rêves pour
» des réalités. Tout a croulé comme une vision d'apocalypse
» (M. Renan, *Réforme intellectuelle et morale de la France*). »

Et pouvait-il en être autrement chez un peuple nourri d'erreurs et de fictions malsaines, et cherchant la force là où les nations ne recueillent que la faiblesse? Où aurait-il trouvé des chefs, lui qui avait proscrit soigneusement l'aristocratie? Comment aurait-il possédé des savants, lui qui, en forçant tous les hommes à faire un métier, a rendu impossible la haute culture de l'esprit? N'a-t-il pas conduit lui-même ses citoyens, par des lois successorales inconsidérées, à borner le nombre de leurs enfants et de ses soldats, pendant qu'il tarissait la source du dévouement et de l'énergie en laissant les doctrines matérialistes introduire dans les cœurs le poison de l'égoïsme et de la sensualité? Enfin, les libéraux n'avaient-ils pas prôné toutes les utopies désorganisatrices du service militaire : la théorie des baïonnettes intelligentes, l'abolition des armées permanentes, la nation armée, la garde nationale?

Si l'on veut se faire une idée de ce délire libéral, il faut se reporter aux discussions du Corps législatif de la fin de l'empire. « Nous ne voulons pas, disait le 23 décembre » 1867 M. J. Simon, qu'il y ait en France un corps d'hom- » mes différents par l'esprit, par les habitudes, de la nation, » et qu'on puisse à tout instant lancer contre les pays étran- » gers. » — « Le militarisme est la plaie de l'époque, disait à son tour M. Garnier-Pagès. « Pas d'armée prétorienne! » criait M. Pelletan. Et plus loin, M. J. Simon résumait la pensée de la secte : « *Je demande que nous ayons une ar-* » *mée qui n'en soit pas une.* » Trois ans après, le libéralisme avait lieu d'être satisfait. « Le prétorianisme » qu'il avait pris pour prétexte n'était plus à craindre, mais la force de résistance, qu'un peuple avisé doit toujours posséder pour défendre ses biens et son existence contre les agressions des peuples jaloux et rivaux, avait été anéantie. La France envahie et foulée aux pieds par un peuple assez peu avancé dans le progrès démocratique pour avoir une armée *qui en fût une*, était contrainte, comme la Rome du Bas-Empire, de payer un tribut à son vainqueur.

Si la faiblesse intellectuelle et la faiblesse matérielle ainsi engendrées dans la société française par le libéralisme sont considérables, elles sont dépassées, s'il est possible, par l'impuissance morale.

Au désastre national le plus lamentable a succédé, en effet, le cataclysme social du 18 mars : quelle impression produit-il sur la conscience des Français ? Les crimes de la Commune ne soulèvent pas une réaction morale efficace, mais laissent dans l'esprit de ceux qui dirigent le parti conservateur une incertitude et une hésitation que M. Thiers exprimait très-bien lorsqu'il disait : « Qu'il ne savait pas de » quel côté était le droit (1). » La raison des Français a si bien abdiqué devant « l'Idée, » c'est-à-dire devant la liberté illimitée, que les excès les plus odieux lui semblent légitimes jusqu'à un certain point. Des hommes s'acharnent contre la civilisation, détruisent les monuments de la gloire nationale, s'attaquent à la religion, à la propriété, à l'humanité, et ceux qui personnifient l'intelligence et la conscience de la France ne savent pas si c'est vraiment là le mal, ni si la loi peut restreindre la liberté humaine émancipée à ce point.

Plus tard, quand les mêmes malfaiteurs publics, profitant

---

(1) Un des témoins, dans l'enquête du 18 mars, M. de Mung (p. 277), a remarqué « l'apathie de la classe bourgeoise » et « une absence com- » plète de capacité à distinguer l'erreur de la vérité... On entend, dit-il, » répéter par elle : ma foi, nous ne savions pas où était le juste et l'in- » juste...; on ne pouvait distinguer où était le droit. »

des « doutes » des conservateurs-libéraux et de leurs lois libérales, essayent de ressaisir le pouvoir, afin de renouveler les mêmes excès, le scepticisme politique et social se traduit encore par un mot fameux : « l'ordre moral ne » m'appartient pas, » c'est-à-dire, la conscience des Français intelligents et moraux est incapable de distinguer quels sont, parmi les hommes, les véritables auteurs de la société. Bien plus, elle ne saurait décider légitimement si ce sont les hommes religieux, respectueux, paisibles, laborieux, économes ; ou si ce sont les hommes sans principes, sans respect, passionnés, sans prévoyance et sans biens (1). Pendant deux ans, les Français assistent impassibles à la réhabilitation des incendiaires de Paris, des assassins des otages, des associés de Bismark, et supportent qu'on leur fasse un piédestal de leurs crimes.

Enfin, lorsqu'un gouvernement, qui se pose comme le représentant de « l'ordre moral, » prétend en rétablir les bases, on l'entend dire aux Français incertains et ahuris, *qu'ils ne doivent pas s'inquiéter des principes, mais s'attacher seulement aux faits que leurs volontés mobiles constituent successivement.*

C'est au milieu de ces ténèbres intellectuelles et morales que les peuples finissent. La France voit prospérer et grandir autour d'elle, en vertu de principes plus conformes à la raison, des peuples autrefois ses inférieurs. Pendant qu'elle perd des provinces, ils portent au loin leur drapeau, leurs armes, leurs colonies, leur puissance. Ordonnés et paisibles, ils jouissent de cet ordre dans la liberté qu'elle cherche à réaliser depuis un siècle, sans pouvoir y arriver.

---

(1) M. Thiers disait (23 mai 1873) : « Chacun dit : Voyez comme moi ; » gouvernez dans mon sens. Je supplie ceux qui tiennent ce langage, de » considérer qu'ils ne sont pas les seuls ; qu'il y a, à côté d'eux, des » hommes *tout aussi respectables*, aussi nombreux qu'eux, et qui, eux » aussi, demandent que l'on gouverne dans leur sens. »

Rarement, on vit un peuple déployer plus d'activité pour tourner contre lui-même les qualités que la Providence lui avait données, afin d'illustrer et d'étendre son empire. Le désordre dans les esprits engendre à chaque instant chez lui le désordre dans les volontés et dans les faits. Là où l'on ne peut plus ni s'unir ni s'entendre par des principes acceptés de tous, on tend nécessairement à la guerre. Les lumières de la raison et la pression salutaire de la conscience sont remplacées par les ardeurs aveugles des convoitises sensuelles et par les oppressions de la force brutale; il n'y a plus de peuple, mais une foule désorganisée par toutes les folies de l'individualisme, où il ne subsiste plus que la passion de jouir et où il ne se forme plus d'autre association que la ligue impitoyable des pauvres, des souffrants et des jaloux contre les grands, les riches et les heureux.

Le libéralisme a ainsi banni de la France la liberté vraie, c'est-à-dire la liberté limitée par une justice immuable et par les droits d'autrui. Un grand nombre de Français, amoureux de « l'Idée, » repoussent la loi qu'ils n'ont pas « consentie » ou qu'ils ne « consentent plus, » et tâchent de se grouper en majorité souveraine pour arriver à la changer suivant leurs vues. La justice ne semble plus être que l'appropriation de la loi aux intérêts et aux passions d'une catégorie du peuple, et l'ordre consiste à maintenir cette monstruosité par la force brutale.

Il résulte de là un état instable et sans lendemain, aussi impuissant vis-à-vis de l'étranger, que dégradant en face du passé et de l'avenir de la France. Ici, on voit la partie de la nation, que le droit du nombre investit de plus en plus de la souveraineté du peuple, se vouer volontairement à des institutions qui sont le principe de toutes les décadences; là, on entend le peuple de 89, effrayé pour ses principes surannés et pour ses capitaux, invoquer la dictature et le césarisme. L'esclave antique était un homme auquel on arrachait son Dieu, sa cité, sa famille, ses biens, sa liberté, et qu'on maintenait par la force dans cette situation dégradée : les radicaux socialistes, au contraire, se soumettent avec une sorte de gloriole à cette suite de servitudes, pendant que le quatre-vingt-neuvisme cherche partout le « sabre, » qui le préservera à la fois de la loi absolue du Christianisme et des fureurs de l'anarchie.

Singulière alternative pour un peuple qui s'agite sans cesse au nom de liberté ! C'est que émettre en principe, que l'homme est libre d'une liberté sans limites, ne change pas la nature des choses.

Tant qu'un homme aura assez de cœur pour défendre la dignité de son être, la compagne qui s'est donnée à lui, ses enfants, le fruit de son travail, son foyer et sa vie, contre l'homme sans honneur, sans moralité, sans mesure, sans fixité, qui veut l'asservir ou le tuer pour s'emparer de ses biens les plus chers, il y aura deux libertés sur la terre, l'une digne de toute la protection de la société, l'autre de tous ses châtiments ; et quand un peuple est assez corrompu pour vouloir les confondre, et pour leur reconnaître à toutes deux les mêmes droits, la force des choses le châtie en permettant à la liberté du mal de prévaloir sur celle du bien et de chercher à la détruire.

Alors disparaissent de chez ce peuple l'union, la sécurité, la prospérité, le bonheur, parce que la condition essentielle de tous ces biens, c'est-à-dire la liberté de l'homme religieux, raisonnable, actif, économe, n'existe plus. On arrive ainsi à ces arrêts indéfinis de la vie intellectuelle, commerciale, industrielle, économique, qu'on observe à cette heure en France. La fabrication cesse, les débouchés se ferment, la richesse décroît et la substance même de la nation s'échappe par mille issues, pour ne plus revenir, par suite des efforts et des victoires des peuples rivaux. Tout dépérit, pour la seule satisfaction des natures ambitieuses et malfaisantes ; ce qui vit est atteint au profit de ce qui meurt.

Aujourd'hui, la Révolution déclare ouvertement que la liberté des Français qui ne veulent plus de Dieu, de patrie, de gouvernement, d'humanité lui paraît supérieure à toute autre, et c'est à eux qu'elle fait naturellement appel pour introduire leurs concitoyens dans le monde du nivellement et du communisme. On avait remarqué déjà que les mouvements divers de la démocratie avaient été surtout profitables aux personnes sans scrupules et violentes. La Révolution du 4 septembre, plus qu'une autre, a fait appel aux hommes tarés : jamais on ne vit en places et dans les honneurs autant de faillis et de banqueroutiers, autant d'agents d'affaires incompris, d'avocats sans causes et de notaires malheureux. A côté des localités où les municipalités supprimaient le service de sûreté et chassaient les gendarmes, on vit la ville de Lyon posséder une police qui comptait dans son sein vingt-sept repris de justice sur quarante agents, et qui avait pour chef le forçat Timon.

Et aujourd'hui, ne suffit-il pas qu'un homme ait marqué en quelque manière dans la guerre antisociale, qu'il ait subi quelque condamnation pour attentat contre la religion, contre l'ordre, contre la probité bourgeoise pour qu'il acquière à l'électorat politique des titres aussi sérieux que l'étaient jadis l'honnêteté, l'intelligence, les services rendus au pays? « L'Idée » a fait son chemin, et le côté malfaisant de la nature humaine auquel elle voulait donner des droits s'efforce de les usurper tous.

L'inclination naturelle au mal fait que l'homme corrompu est porté à ne se considérer comme entièrement libre, que s'il a le droit de se livrer sans aucun frein à tous les excès et à toutes les passions perverses, qui rendent impossible l'existence de toute association humaine ; aussi cette sinistre liberté revendique-t-elle justement son émancipation dans une société fondée sur la liberté illimitée et sur l'hostilité contre la loi. Au milieu de cette société coupable, s'élèvent des hommes turbulents et sans pitié, qui ont le mal pour objet unique, et qui mettent le succès de leurs entreprises au-dessus de toutes considérations de patrie et d'humanité. La France a senti se déchaîner plusieurs fois contre son repos et contre ses destinées les efforts de ces hommes. Ce sont eux qui, récemment encore, appelaient les Prussiens leurs « frères, » et qui applaudissaient à leurs succès. Ces forcenés n'étaient-ils pas les fils de ceux qui disaient, il y a quatre-vingts ans : « Périsse la France, plutôt que nos principes ; » et n'ont-ils pas répondu à ce cri de leurs pères par cette sauvage imprécation : « Eh ! bien ; si nous sommes » vaincus, nous brûlerons Paris, et nous ferons de la France » une seconde Pologne ! »

XIV.

La Révolution et le Christianisme.

Il résulte de tout ce qui précède que les Français, plus impressionnables et plus légers que d'autres peuples, ont été fascinés par la Révolution et sont devenus le peuple révolutionnaire par excellence, c'est-à-dire celui chez lequel l'esprit nouveau possède le plus d'intelligences, produit le plus de fruits délétères et peut aller le plus loin dans ses entreprises et dans ses ruines, puisqu'il a successivement détruit la plupart des obstacles intellectuels, moraux et matériels qui s'opposaient à son action.

Atteints par des vices profonds à la fin du siècle dernier, les Français se sont imaginés que la Révolution les avait réformés et qu'ils étaient devenus un peuple nouveau et meilleur. Cependant, quand on étudie les abus qui les minaient alors et qu'on les rapproche de ceux qui les détruisent tout à fait aujourd'hui, on constate avec étonnement que les mêmes erreurs amènent encore les mêmes perturbations.

Il est curieux de voir, dans un pays qui se dit en progrès, Dieu insulté et nié comme aux jours où l'on plaçait la déesse Raison sur les autels de Notre-Dame ; les César démocrates se jouant des lois et des « libertés nécessaires, » avec autant de cynisme que les Robespierre et les Bonaparte ; la bourgeoisie proscrite comme l'était la noblesse ; le bien-être et la jouissance déclarées les lois suprêmes de l'humanité, comme aux temps où Babœuf proclamait le régime du bonheur commun.

En présence d'une situation aussi étrangement progressive, tout homme qui ne se laisse pas prendre au jargon du temps, se demande ce que les Français ont gagné à quatre-vingts ans d'agitation, sous prétexte de réformes intellectuelles et politiques.

Comme à la fin du XVIIIe siècle, ils vont à une crise sociale, insensée et sanglante, en vertu des mêmes aberrations et des mêmes vices. On ne voit aux deux situations qu'une seule différence : c'est que les Français de 1875 semblent être devenus sceptiques ou irréligieux, césariens ou anarchistes, égalitaires et matérialistes, en vertu de principes raisonnés, de décrets et d'institutions spéciales, de mœurs nouvelles et incorrigibles. Le résultat le plus net du mouvement qu'on a appelé la Révolution française, consisterait ainsi à avoir établi, en guise de principes incontestables et féconds, la négation de Dieu sous le nom d'athéisme légal, le scepticisme sous le nom de souveraineté de la raison, le despotisme et l'anarchie sous le nom de souveraineté du peuple, l'antagonisme des classes sous celui d'égalité, la surexcitation des appétits matériels sous celui de droit au bien-être.

Seulement, comme le mépris de la Religion et de l'autorité, comme le relâchement des liens sociaux et la prédominance du matérialisme ont, de tous temps, produit des crises affreuses et la mort des nations, les Français, sous peine de disparaître du monde, se sont forcément divisés en deux peuples : l'un qui, tout en aimant la Révolution, à cause de l'émancipation qu'elle procure à toutes les passions malsaines, tient cependant à ne pas périr par elle ; l'autre qui veut aller jusqu'à ses conséquences extrêmes, la France dût-elle y trouver le déshonneur et la mort.

De ce fait qu'un certain nombre de Français veulent tout ce que veut la Révolution, tandis que d'autres entendent ne pas la suivre jusqu'au bout, résulte une lutte ardente au milieu de la société française.

Nous avons décrit les péripéties de cette lutte et nous avons montré comment la Révolution modérée ou libérale a préparé elle-même sa défaite. Ceux qui se sont appelés les conservateurs-libéraux ne savent plus même ce qu'il faut conserver, et l'opinion leur a appliqué justement la qualification, triviale mais juste, de « chevaux de renfort » du radicalisme. L'enchaînement des faits engendrés dans la France moderne par la Révolution, nous ramène ainsi naturellement aux paroles empreintes d'une prescience politique si profonde des princes de la Maison de France, que nous citions au commencement de cet ouvrage. Ces prévisions se réalisent aujourd'hui, comme elles se réalisaient déjà quelques mois après avoir été écrites, et il est à propos de le constater, pour montrer aux conservateurs-libéraux qui font fi des principes, que le monde politique a ses lois immuables, en dehors desquelles les hommes d'Etat ne font rien qui vaille et les peuples ne recueillent que bouleversements et souffrances.

Rappelons donc ces paroles :

« Les princes soussignés..... voient *chaque roi changeant* » *suivant ses vues et ses affections les droits de la nation....* » *Chaque Ordre, suivant le temps, oppresseur ou opprimé.* » *La Constitution corrompue et vacillante; la nation tou-* » *jours divisée et dès lors toujours faible et malheureuse.* »

Et plus loin, montrant au Tiers-Etat les résultats du renversement projeté par lui du vieux droit national, ils ajoutaient : « Par une suite des lois générales qui régissent » toutes les constitutions politiques, il faudrait *que la mo-* » *narchie française dégénérât en despotisme ou devînt une* » *démocratie, deux genres de révolutions opposés, mais* » *tous deux funestes.* »

Depuis que ces paroles ont été prononcées, la France a vu naître et mourir douze Constitutions, variées suivant les vues de leurs différents auteurs ; élevé et renversé autant de gouvernements ; essayé de tous les systèmes : monarchie, dictature, directoire, consulat, empire, république, septennat. La démocratie « a coulé à pleins bords, » mais la France n'a trouvé dans ces changements et dans ces débordements que des discussions civiles perpétuelles, une faiblesse croissante et un amoindrissement de son territoire. Les deux alternatives révolutionnaires dans lesquelles elle s'est complu, démocratie anarchique ou monarchie césarienne, ont donc été « également funestes. » A la place de la royauté légitime et nationale, tempérée par des institutions de liberté raisonnable et par des mœurs chrétiennes, il s'est constitué un pouvoir illimité, irresponsable, « vacil- » lant, » investi de la faculté de méconnaître, sous prétexte de souveraineté du peuple, tous les droits, toutes les libertés humaines et toutes les lois divines, tantôt au nom des foules affolées, tantôt au nom des caprices d'un homme, tantôt au nom des intérêts égoïstes d'une caste. Dévolue au vote perpétuel, la vie des Français se passe, en dehors de la raison et de la paix, dans des luttes violentes pour savoir où est le nombre tout-puissant, en attendant qu'ils se battent pour savoir où est la force qui confisque, qui opprime et qui tue.

A force d'assister aux alternatives de victoires et de défaites des partis, la liberté semble consister, en effet, dans le pouvoir de tyranniser le parti vaincu dans l'opinion, au scrutin ou dans la rue, et cette tendance des classes à être, « suivant le temps, oppressives ou opprimées, » se peint dans le mouvement qui, à cette heure, veut substituer la domination des « couches sociales » inférieures à celle de la bourgeoisie.

Tel est l'état dans lequel la Révolution a mis l'un des peuples les mieux doués sous le rapport de l'intelligence, de la droiture du sentiment et de la vitalité. A peine sorti d'une crise mortelle, entouré d'ennemis qui guettent ses fautes, qui attisent ses dissensions et méditent sa ruine, il court follement à une crise plus horrible encore, et qui peut attirer sur lui une nouvelle irruption de l'Europe monarchique et conservatrice, à un moment où il n'y a plus ni organisation, ni matériel, ni esprit militaire. Aujourd'hui comme il y a quatre-vingts ans, « la fermentation est dans

» les esprits, » et la « témérité des opinions » ne connaît plus de bornes. Tout ce que pensent et veulent ces exceptions considérables dans l'humanité qu'on appelle l'intelligence, l'expérience, la vertu, est contesté « comme des » questions problématiques, » ou « décrié comme des in» justices. » Un « désir immodéré d'innovations » a saisi de nouveau ce peuple, et si le Tiers-Etat reniait, en 1789, tout le passé de la France, le mouvement qui demande « une po» litique et un état social tirés du suffrage universel, » *renie à cette heure tout le passé raisonnable de la nature humaine* (1).

Jamais cependant la Providence n'a indiqué plus clairement et avec plus de condescendance à une nation qu'elle courait à sa perte. Après avoir montré à la France la sauvagerie et le démembrement pour ainsi dire en raccourci, elle lui a donné, contre toute attente, quatre ans de répit et d'enseignements nouveaux, afin qu'elle se préservât complétement de l'un et de l'autre de ces malheurs. Pendant ce laps de ce temps, l'élément conservateur a disposé, *par un vrai miracle*, du pouvoir illimité que donne la souveraineté du peuple ; mais ces quatre ans de pouvoir ont été employés à repousser comme un régime d'abjection et de servitude, la monarchie qui a fait la France ; à maintenir le principe de la souveraineté du peuple, dont les manifestations journalières sont invariablement au césarisme ou à la démagogie, et à établir enfin, par un choix libre et solennel, le mode de gouvernement que les ennemis extérieurs et intérieurs de la France lui souhaitaient, parce qu'il leur paraissait plus propre à préparer leur domination et la destruction de la société française.

---

(1) Le Procureur général de Lyon, dans son réquisitoire pour l'affaire des Frères de Caluire, dit : « Le droit de propriété que, pour notre honte » et notre malheur, nous sommes réduits à défendre, et dont le maintien » est devenu une brûlante question sociale ! »

Il est difficile de concevoir un affaissement plus complet des forces intelligentes et vitales. La perspicacité et la vie semblent n'appartenir qu'à l'élément passionné et violent de la nation qui, embusqué dans une modération feinte comme le Huron dans sa forêt, attend le moment de fondre sur les victimes que les conservateurs-libéraux lui rabattent complaisamment. Rien de moins neuf que les procédés des hommes politiques français. Aujourd'hui, comme en 1789, ils consistent à flatter les passions du jour, quelque outrées qu'elles soient.

On entend ces hommes parler de liberté, comme si le pouvoir de faire le mal n'était pas assez émancipé : ils poussent à la roue révolutionnaire, dût-elle écraser toutes les nobles choses de la nature humaine et exprimer du sang ; il ne leur vient pas le généreux désir d'y mettre la main et leur vie, pour arrêter des entraînements et des entreprises qui vont à la honte et à la ruine de la patrie.

Serait-il donc dans les destinées de ce peuple de n'être capable d'aucune résistance politique, et de subir toutes les tyrannies que les foules ou l'ambition personnelle voudront lui imposer ? On ne sait ; ce qu'il y a malheureusement de plus certain, c'est que, après avoir vu la Terreur et Waterloo, les journées de Juin et Sedan, la prise de Paris et la Commune de 1871, non-seulement il ne fait rien pour éviter de revoir des événements semblables, mais encore il fait tout ce qu'il faut pour les attirer de nouveau sur lui.

La Révolution a donc exalté et fortifié dans ce malheureux pays les forces pernicieuses et morbides, et produit une atonie extraordinaire des forces salutaires et vivantes. Il y a longtemps que ce fait avait été aperçu.

Un publiciste de ce temps, après avoir décrit les symptômes d'affaissement et de mort qu'il avait observés dans la France moderne, ajoutait tristement : « Il n'est pas rare » qu'une nation soit avertie comme tout être vivant, par » des signes précurseurs de sa fin prochaine..... ces aver- » tissements sont toujours inutiles. Ces craintes tardives

» ne peuvent produire qu'un mouvement désordonné et » quelques convulsions violentes, au milieu desquelles les » destins s'accomplissent (M. Prévost-Paradol, *La France » nouvelle*, p. 343). » Quand il s'exprimait ainsi, le patriotique écrivain constatait seulement le fait étrange d'une nation qui ressentait les atteintes de la mort, au sein des plus grandes prospérités matérielles et malgré une vitalité des plus robustes en apparence, mais il ne se doutait pas des causes de la ruine qu'il prévoyait. Séduit par le libéralisme, il n'était pas capable de comprendre que cette doctrine trompeuse était le principal dissolvant de la société française, et la machine de guerre au moyen de laquelle la Révolution avait produit chez elle cette prédominance du mal, par laquelle les peuples finissent misérablement dans un désordre incurable.

Nous faisions remarquer plus haut que tous les législateurs, sauf les législateurs révolutionnaires, ont rendu hommage à cette vérité, qu'il existe dans l'humanité deux tendances opposées, par suite desquelles « les hommes » sont en ce monde les agents de la civilisation et de la vie, ou les auteurs des ruines et de la mort. » Il est constant aussi que la dernière de ces inclinations domine puissamment la nature humaine, puisque tout homme meurt, et que toutes ses créations se décomposent et disparaissent. Les peuples finissent aussi, après avoir duré en raison de leur respect pour les lois imposées par la sagesse divine et par la sagesse humaine : c'est le châtiment de l'être imparfait qui a revendiqué comme un privilége la faculté de faire le mal, de n'avoir pour fin que la souffrance et le néant, et de n'échapper quelque temps à cette destinée qu'en se décidant à comprimer, par des lois et par des peines sévères, le funeste pouvoir qu'il s'est arrogé. C'est donc par la lutte incessante contre le penchant qui les pousse à la désorganisation et à la mort et par l'observation des lois qui déterminent les conditions indispensables de ce combat, que les hommes et les nations se conservent. Il s'ensuit que la Révolution en faisant de la liberté illimitée la règle essentielle et générale du monde moderne, et en y donnant ainsi pour but à la volonté le mépris de la loi, a fait cesser une lutte nécessaire, dirigé les efforts des hommes vers l'émancipation de leurs vices et inoculé aux peuples une passion délibérée et systématique pour la décomposition et pour la destruction.

Dès l'année 1797, un esprit sagace avait découvert ce caractère du mouvement qui agitait la France et, par elle, le monde : « la Révolution, disait-il, est un corps de des- » truction, complétement organisé pour cette fin, parfaite- » ment homogène, adhérent dans toutes ses parties, qui, » dans sa course, doit tout écraser ou être écrasé lui- » même. » Nous avons étudié comment ce « corps de destruction » avait décomposé notre société. Nous nous sommes étendu surtout sur l'habileté avec laquelle la Révolution attaque la vie des peuples là où elle réside, c'est-à-dire dans l'élément intelligent, honnête, actif et dirigeant, et nous avons essayé de décrire comment, après avoir désorganisé la puissance de la raison en la divisant contre elle-même et en l'annihilant, elle livrait avec mépris à la domination des violents et des brutes les peuples stupéfiés et ahuris, incapables de se rallier à un principe commun de défense pour leurs biens les plus chers. Triomphante alors de son vrai triomphe, elle contemple avec une joie sauvage cette humanité qui s'acharne sur ses œuvres les plus précieuses : cette intelligence dont elle a obscurci toutes les notions et paralysé la force, cette nature qui se dégrade à plaisir, toute cette création de l'activité humaine pendant des siècles, qu'on appelle un peuple et une civilisation, qui s'effondre sans remède, sous les coups de tout ce qu'il y a dans son sein d'hommes avilis et méprisables.

Quand on étudie sur les faits cette œuvre « homogène » et savante, il est impossible de ne pas se reporter à ce moment récent de notre histoire, où la France, conquise par l'étranger et supprimée en fait du nombre des nations européennes, voyait surgir une insurrection formidable qui assaillait sa vie sociale et prétendait la jeter inanimée à côté de son existence nationale anéantie. La Révolution avait, par une suite de révoltes couronnées par le 4 septembre, installé l'anarchie au cœur de ce pays, armé contre lui des rivaux puissants, éparpillé sa souveraineté entre trois familles royales et l'utopie républicaine, énervé sa force militaire par les théories les plus absurdes et par l'indiscipline démocratique, soulevé les uns contre les autres les citoyens. Plus d'armée ; rien que des généraux vaincus et humiliés ; plus de puissance nationale ni de gouvernement ; plus de société même : toute l'activité et toute la force de cette agglomération d'hommes qui avait constitué la France semblait être concentrée en ce moment dans les mains de l'élément désordonné et destructeur, pourvu d'un armement complet, organisé militairement et prêt à accomplir sur tout le territoire la décomposition totale. C'était là le couronnement du travail d'un siècle, et le « corps de destruction » avait bien combiné et conduit sa sinistre entreprise ! Trônant sur des tonneaux de pétrole, au milieu de ses hideux sectaires, la Révolution dut tressaillir en se voyant si près de consommer la ruine du plus beau royaume qu'il y eût sous le ciel.

Ce mouvement vers la désorganisation complète se reproduit, sinon avec le même ensemble et la même fureur, du moins avec des caractères à peu près identiques, partout où l'esprit nouveau a pénétré. En Italie, en Espagne, au Mexique, aussi bien qu'en France, la Révolution divise à l'infini les intelligences, obscurcit toutes les notions essentielles, ruine l'empire des lois et exalte jusqu'au délire les passions perverses. Et, comme elle domine les natures les plus honnêtes au point de leur persuader que le libéralisme est la vérité et la source de tous les biens, il est presque impossible que ses victimes reviennent au vrai et au bien réels. Elle n'hésiste pas, en effet, à désigner audacieusement la possibilité de ce retour à leur défiance et à leur haine, en le qualifiant de réaction, en sorte que la seule voie ouverte devant eux sous le nom de progrès, est un mal plus grand encore, et à quelque degré d'abaissement qu'ils descendent, elle en invente un plus extrême et plus propre à amener leur perte.

Mais qu'est-ce donc que cette Révolution qui, sous prétexte de faire le bonheur de l'homme par la liberté, le jette en proie à tous les genres de despotisme? Qu'est-ce que cet élan invincible vers le progrès et vers la glorification de l'humanité, qui a fait verser plus de larmes et de sang en un siècle que tous les tyrans réunis depuis le commencement du monde, et qui, abaissant sans cesse l'idéal de l'humanité, tend à remener certains peuples civilisés à l'état des peuplades les plus dégradées? Comment des hommes, des classes, des peuples entiers en arrivent-ils à aimer le désordre et l'abaissement, et à détester la société et la civilisation? Par quelle perversion de sa nature l'humanité acquiert-elle, en guise de qualités, des vices invétérés qui lui font rechercher le mal, la corruption et le néant, comme s'ils étaient la satisfaction de son être, avide cependant de biens, de jouissances et de vie?

La Révolution, avons-nous dit, se présente tout d'abord comme une exaltation de l'humanité. L'homme, au XIXe siècle, a conçu de lui-même la plus haute idée : il ne veut plus vivre comme il a vécu jusque-là, et la Révolution est la manifestation en acte de sa volonté de changer pour ainsi dire sa nature, en s'élevant au-dessus de ses lois. Idées, institutions, mœurs, il s'agit pour lui de bouleverser tout; non pas précisément pour vivre sans lois, sans institutions et sans mœurs, mais pour en créer de meilleures et plus en rapport avec l'idée nouvelle qu'il a conçue de lui-même. *En un mot, l'humanité qui vivait depuis dix-huit cents ans par le Christianisme, a entrepris de vivre sans lui et en dehors de lui.*

Pour tout homme qui pense, le fait capital de l'histoire, autour duquel gravitent forcément tous les autres, est l'œuvre de l'Homme-Dieu. Jusques au Christ, l'humanité est comme une nation sans lois, sans constitution, sans raison d'être. Douée d'intelligence et recherchant avidement la vérité, elle n'a trouvé que le doute et les ténèbres de l'esprit; aimant le bien, elle est déchirée par l'injustice et par la souffrance; pourvue d'un principe vivant et immortel, elle se débat en vain contre les étreintes du néant, qui semble être sa seule destinée. Les tendances généreuses de sa nature ne rencontrant en tout que le contraire de ce qu'elles recherchent, sont près de cesser la lutte contre les tendances perverses, qui menacent d'étouffer l'humanité par le débordement de tous les vices émancipés et déifiés. L'homme primitif a voulu savoir si ce que son Créateur lui défendait sous le nom de mal, n'était pas le bien qu'un maître jaloux voulait se réserver pour lui seul : écrasé sous le poids de son erreur, il demande instinctivement à être délivré de cette terrible liberté du mal qu'il a voulu connaître, et attend un sauveur.

C'est alors que naît dans la chair le Fils de Dieu, le Christ. La nature divine, après s'être révélée par la création, se révèle par la Rédemption ; la révolte de l'homme contre les lois créatrices est expiée par l'obéissance accomplie de l'Homme-Dieu, et l'humanité a désormais le moyen de se délivrer du joug qui pèse sur elle, en suivant ce noble exemple, c'est-à-dire *en renonçant à la faculté de faire ce que le Christ appelle le mal.* L'adoption de la religion chrétienne est le signal d'une ère nouvelle pour l'humanité. L'action de l'auteur de tout bien s'affirme par l'introduction dans le monde d'une vérité absolue, d'une loi précise et générale, d'une justice inéluctable pour tous, d'une religion universelle unissant tous les hommes dans le Christ. L'humanité chrétienne devient le peuple de Dieu, qui n'admet plus ni esclaves, ni étrangers; qui est destinée à englober tous les peuples et qui relie la vie naturelle à la vie surnaturelle, seule fin digne des efforts de l'homme, seule solution réelle de l'énigme de ce monde qui voit les luttes de la vertu et du vice, de la justice et de la force, de la vie et de la mort.

Mais si le Christianisme, par une répression puissante de l'inclination naturelle au mal, est la cause d'un mouvement admirable des hommes vers l'unité, vers l'ordre, vers la liberté et le bien véritable, il est aussi le point de départ d'un mouvement en sens contraire des hommes *qui ne veulent pas réagir contre cette inclination, mais y céder*. Tous ceux qui n'admettent la loi que si elle est l'expression de leur volonté intéressée, comme ceux pour lesquels la société et ses obligations sont une servitude intolérable, se liguent contre une religion qui condamne leur penchant dominant, leur haine pour les règles posées par la raison divine et par la raison humaine, leur passion pour la violence. Cette ligue, ennemie de tout ce que le Christianisme aime, désorganisatrice de tout ce qu'il ordonne, perturbatrice de tout ce qu'il avait pacifié, constitue l'antichristianisme. L'esprit antichrétien s'est transmis d'âge en âge en se développant et en se précisant. Il a d'abord attaqué les dogmes, puis l'Église : au XIXe siècle, il envahit le monde civilisé et constitue un parti puissant qui entreprend ouvertement la destruction de la société et de la civilisation chrétienne au nom d'un principe nouveau, l'humanité, au moyen d'une doctrine nouvelle, l'idée, et d'une force considérable, la Révolution.

L'incarnation de Dieu et l'établissement d'une société dont l'origine et la législation sont divines, ne laissent, en effet, pas d'autre alternative à l'homme que la soumission à des lois immuables, ou la révolte contre ces lois au nom d'un principe égal ou supérieur. C'est pourquoi l'antichristianisme base son système sur cette idée, que l'homme est un être intelligent et bon par nature, qui a pour propriété essentielle de tendre à la perfection par la liberté. Cet être, complet par lui-même, n'a nul besoin de chercher la vérité et la justice dans un être surhumain, et les hommes qui veulent usurper sur la liberté de leurs semblables peuvent seuls placer, en dehors de l'humanité, l'origine et la sanction des lois nécessaires à son existence. Elle se suffit à elle-même, et la Révolution est le mouvement de son intelligence et de sa force, par lequel elle s'émancipe de ceux qui l'oppriment et qui la vouent au mal au nom d'un Dieu.

L'antichristianisme, ou la négation de l'Incarnation et de ses conséquences logiques, ramène donc violemment l'humanité moderne à la monstrueuse erreur de la déification de l'homme. « La Révolution, c'est l'homme affranchi de Dieu ; l'homme déifié, mis à la place de Dieu, » prétendant à une indépendance absolue, se posant en antagoniste de la divinité, parce qu'il se déclare ennemi des lois supérieures à sa volonté propre, et finissant, comme le paganisme, par déifier les vices de sa nature, ses injustices et ses ignominies. Une immense conjuration rassemble ceux qui maudissent les obstacles opposés à leurs inclinations perverses par la religion et par les institutions chrétiennes : sectes protestantes, francs-maçons, internationaux, césariens, révolutionnaires de divers degrés, hommes passionnés et violents, malfaiteurs de toute sorte, tous les partisans de la liberté sans limites se liguent et se distribuent les rôles pour assaillir la religion et la société qui condamnent la liberté du mal. Devant l'intérêt d'une semblable émancipation, toutes les barrières tombent, les nationalités se confondent, les dissidences s'effacent, les haines s'apaisent. On voit les despotes les plus cyniques s'associer aux prétendus défenseurs de la liberté de conscience : Bismark donne la main à Garibaldi ; l'empereur de Russie à Gambetta ; le moine Loyson aux minuscules tyrans de la Suisse ; Victor-Emmanuel à Castélar. Tout est employé pour cette œuvre, depuis la conspiration littéraire et scientifique, jusqu'à la force des rois, des tribuns et de l'émeute ; depuis les législations insidieusement sceptiques et irréligieuses, jusqu'à l'athéisme obligatoire, jusqu'à la prison, l'amende, les supplices.

Opprimer la conscience chrétienne, n'est-ce pas être libéral? On est libéral en Italie, libéral en Espagne, libéral en Prusse, en Suisse, en Russie, au Mexique, quand on veut asservir l'Eglise à l'Etat, lorsqu'on emprisonne les prêtres fidèles au Pape, lorsqu'on fait nommer les curés par les athées, lorsqu'on ferme les temples et les écoles, lorsqu'on s'empare des biens de l'Eglise, qu'on chasse des Evêques et des moines de leur domicile et que l'on enchaîne la papauté! Mille faits attestent tous les jours que le libéralisme est la négation délibérée de la liberté des chrétiens; un libéral va nous expliquer pourquoi.

« La liberté de l'Eglise, dit-il, serait une immense duperie. La liberté est bonne pour ceux qui aiment et respectent la liberté, mais il ne faut pas la donner à ceux qui proscrivent la liberté de conscience et la liberté de la presse, toutes les libertés enfin : *leur liberté serait notre servitude* (M. Guéroult, Corps législatif, séance du 8 avril 1865). » Pouvait-on dire plus clairement que la Révolution a mis en présence deux libertés contraires? Ah! vous avez raison, et nous pouvons le répéter avec vous : « La liberté de l'Eglise serait votre servitude! » L'Eglise, en effet, sait, par l'enseignement de son divin Chef, qu'il y a dans l'humanité une inclination destructive de toutes les libertés nécessaires, une tendance malsaine à abuser de l'intelligence et de la force pour tromper et asservir les ignorants et les faibles. Après avoir appris aux hommes ce que c'est que la vérité et la justice selon le Fils de Dieu, elle proscrit la liberté de l'erreur et de la déraison, la liberté de la calomnie et de l'injure, de l'envie et de la guerre, de la conquête injuste et du despotisme, de la spoliation et de l'homicide. Oui! ce que vous appelez votre liberté, ce que nous voyons pratiquer tous les jours dans le monde séparé du Christ, l'Eglise l'appelle une usurpation et un crime, et si elle veut vous asservir, ce n'est que pour vous empêcher de détruire la liberté des pauvres et des petits, la liberté de l'âme, de la raison, de la société que vous menacez sans cesse.

Le Christ ayant fixé ce que c'est que le bien, la liberté pour l'antichristianisme est donc forcément le droit de vivre en dehors de ce bien et en contradiction formelle avec toutes ses conditions essentielles. Par le même motif, c'est en accomplissant ce que le Christ a appelé le mal, que l'humanité s'émancipera et qu'elle grandira. C'est pourquoi il se forme au milieu de la société moderne un courant au rebours des idées et des institutions qui la faisaient vivre depuis dix-huit cents ans. On voit des gouvernements nier l'autorité divine, persécuter le Christianisme et ses œuvres les plus utiles, proscrire comme des malfaiteurs, chasser de leurs maisons et de leur pays des hommes et des femmes respectables qui consacrent leur vie à l'éducation des enfants, à l'instruction du peuple, au soin des âmes et des malades. Les vertus les plus généreuses deviennent un titre à l'oppression, parce qu'elles sont chrétiennes; des hommes en rejettent les bienfaits avec une sorte de répulsion, et, chez certains peuples, les sœurs de charité elles-mêmes n'ont plus la permission de se dévouer au soulagement des misères les plus pressantes de l'humanité.

D'un autre côté, les idées et les actes qui avaient été de tous temps considérés comme absurdes et pernicieux par la sagesse naturelle elle-même, deviennent raisonnables et utiles, parce que le Christ les a condamnés. On entend des philosophes soutenir les inconvénients de la vérité et les avantages de l'incertitude; le scepticisme est donné comme une lumière et la seule que l'esprit du temps puisse supporter, pendant que des hommes d'Etat, faisant fi de la loyauté et de la justice, proclament l'excellence de l'hypocrisie politique, le droit de la force et la légitimité du succès. Cette épouvantable école de vices que 93 lui-même n'avait pas voulu ouvrir, l'athéisme est publiquement prêché; bien plus, il est enseigné aux enfants et aux femmes: la matière est célébrée par la science comme la source de la vie; des hommes, en haine de l'immortalité de l'âme et de la justice de Dieu, se vouent à la destinée des brutes et propagent le culte de la pourriture humaine. Il n'est sorte de vices et d'abaissements, condamnés par l'Evangile, qui ne soient proposés comme un but désirable et glorieux, à des hommes préoccupés avant tout de sortir du Christianisme comme d'un lieu de ténèbres, d'asservissement et de réaction.

XV.

La Révolution et la Société.

C'est un fait étrange que celui d'une civilisation, s'éloignant délibérément des idées et des institutions qui avaient fait sa grandeur, et allant logiquement, par suite de cette répulsion systématique, à des idées absolument contraires et nuisibles. Mais en poussant l'humanité moderne dans la voie de l'antichristianisme, la Révolution arrive à des conséquences si odieuses à la raison, et à des projets si révoltants pour la nature humaine, qu'elle est obligée de les dissimuler. En étudiant son système, on voit qu'il se compose à la fois de doctrines généreuses et séduisantes, et d'idées franchement abjectes et perverses. Par les unes, elle gagne les hommes et se les attache en les trompant; par les autres, elle les corrompt et les abaisse indéfiniment. Les premières sont agitées au grand jour; elles suffisent à tous les bruits de la renommée et enflent les cœurs d'espérances magnifiques; les secondes, qui sont le fonds réel et définitif de son système, sont propagées secrètement dans des conciliabules choisis, en flattant toutes les passions mauvaises du cœur humain. C'est le poison, agréable, mais mortel, qu'on se passe sans bruit de mains en mains; c'est la mine que des ouvriers discrets creusent peu à peu sous le sol, jusqu'à ce qu'il apparaisse entr'ouvert et menaçant.

En effet, comme le Christianisme avait mis en œuvre les passions les plus généreuses et les plus bienfaisantes de la nature humaine, et consacré toutes ses aspirations élevées et surnaturelles, la Révolution, en donnant un idéal absolument contraire à l'humanité, devait arriver logiquement à lui présenter le mal comme un but et l'abaissement de sa nature comme une fin. Les principes constitutifs du monde chrétien étant Dieu, la vérité, l'esprit, la charité, les principes imposés par la force des choses aux hommes qui répudiaient le Christianisme étaient l'athéisme, ou le mal de la créature ; l'erreur, ou le mal de la raison ; le matérialisme, ou le mal de la nature humaine ; l'égoïsme, ou le mal de la société. Mais il était difficile de faire adopter au premier abord et d'une manière générale, par des hommes encore imprégnés de l'esprit chrétien et épris d'un certain idéal de dignité et de liberté, des doctrines aussi monstrueuses. Pour les amener à prendre le mal pour le bien, la Révolution devait dissimuler la profondeur de sa logique et le radicalisme de ses projets. Il lui fallait produire préalablement dans l'humanité un abaissement moral et intellectuel assez grand pour que ses desseins ne révoltassent plus des raisons amoindries et des consciences émoussées ; il fallait aussi préparer des générations d'hommes assez déchristianisés pour consentir à se lier par des pactes hostiles à Dieu et à la dignité de leur nature, et assez affolés par toutes les convoitises malfaisantes pour lancer, sans frémir, la race humaine sur une voie insensée de décadence et d'extermination, par l'organisation du communisme et de l'anarchie.

Pendant que l'éducation sceptique et voltairienne, jointe à un sensualisme énervant, créait des hommes sans croyances religieuses et sans principes arrêtés, avides de jouissances immédiates et courtisans de la force ; pendant que la loi du nombre préparait à l'ignorance et à l'abjection humaine des droits supérieurs à ceux de la raison et de la vertu, une institution spéciale annonçait à voix basse les doctrines extrêmes de la Révolution et les propageait sans bruit dans toutes les classes et dans tous les pays.

De tout temps, les natures désordonnées et violentes se sont liguées secrètement, au milieu des centres de civilisation, pour s'assurer, en dépit des lois, la satisfaction de leurs convoitises et l'impunité de leurs méfaits. La Révolution a utilisé cette tendance et a fait des sociétés secrètes ses agents les plus infatigables et les plus efficaces. C'est ainsi qu'un révolutionnaire émérite a pu dire, que la Franc-Maçonnerie était « l'instrument général de la philosophie... et le laboratoire de la Révolution. »

L'histoire moderne nous montre les sociétés secrètes s'élevant en même temps que la secte philosophique et antichrétienne, pour seconder son travail contre la Religion et contre l'Etat chrétien. Tous ses coryphées sont fondateurs ou membres de loges maçonniques, et bientôt on trouvera des adeptes au premier rang des insurgés, des membres de la Commune parisienne et de la Convention; au premier rang des massacreurs et des régicides.

Plus tard, quand la Révolution s'élance avec Bonaparte à la conquête du monde, les Loges s'avancent avec le conquérant, implantant partout l'esprit de révolte contre la religion et contre l'autorité, et travaillant, tantôt par la perfidie, tantôt par les troubles politiques, tantôt par l'assassinat, au succès de la Révolution. Le travail mystérieux s'accomplit en apparence au profit de quelques ambitieux, princes ou hommes d'Etat, que la secte élève, afin de se servir de leurs noms et de leur influence. Les Louis XVIII, les Fouché, les Decaze, les Louis-Philippe d'Orléans, les Laffitte, les Marrast, les Palmerston, les Cavour, les Napoléon III, les Bismark, se succèdent ainsi dans la direction du mouvement; mais au-dessus des intrigues princières et personnelles, une ligue générale, agissant en vertu d'un mot d'ordre, pousse les hommes et les choses vers un but inconnu des instruments temporaires comme des profanes. C'est au sein des associations occultes que se forme l'âme de cette ligue; ce sont elles qui maintiennent l'esprit révolutionnaire en haleine, en lui assignant un degré nouveau et plus décisif à descendre, au moment même où il vient de jeter plus bas la société moderne. 1830 est une victoire signalée pour la Révolution, mais son but essentiel est de préparer le cataclysme européen de 1848, et celui-ci n'est lui-même que le prodrôme de la dictature socialiste et franc-maçonnique de Napoléon III, et la sanglante aurore de l'Internationale, du 4 septembre et de la Commune de 1871.

La société du XIXe siècle roule peu à peu dans l'abîme creusé par la Révolution. A mesure que le siècle vieillit et que l'esprit nouveau pénètre d'autres générations ; à mesure que des gouvernements imbéciles chassent le Christ des lois et des institutions, et que les âmes dégénérées ne croient plus qu'au plaisir et à la force, les idées extrêmes de l'antichristianisme franchissent le seuil des sociétés secrètes pour pénétrer dans les masses.

La doctrine de toutes les sectes occultes modernes est un panthéisme grossier, à peine déguisé sous des formes fantasmagoriques et humanitaires. « Dieu, c'est la nature, » disent-elles. « L'âme est une chimère... Le plaisir est la » seule réalité acceptable... La morale, c'est l'art de vivre » heureux... La terre est un bien commun à tous... L'inté» rêt et la force sont les seuls principes qui unissent les » hommes... La patrie de tous, c'est l'univers. »

Le panthéisme maçonnique aboutit pratiquement au communisme et à la république universelle. Certes, quand on songe que cette manière d'entendre le monde, l'humanité et les choses est présentée comme la vérité cachée et révélée par les sages, après des siècles de recherches et de travaux philosophiques, on ne peut que conclure à un profond affaiblissement de l'intelligence humaine au XIXe siècle. La raison et la science, que les nouveaux révélateurs invoquent, n'ont rien à voir dans des doctrines qui ne sont pas neuves et qui n'apparaissent qu'aux époques de décadence et de destruction ; mais l'homme a besoin de croire, et lorsqu'on lui a fait prendre en haine l'ordre surnaturel, sa foi s'agite encore plus ardente et encore plus inquiète dans un ordre inférieur. Rejetés délibérément hors du spiritualisme chrétien par les intrigues égoïstes des princes et des politiques, par les travaux orgueilleux des lettrés et des savants, par les efforts ineptes des industriels et des propriétaires, les hommes de ce temps ont prêté l'oreille aux turpitudes du matérialisme. Chaque secte occulte a eu son Sinaï, où, au milieu de tonnerres au tambour et d'éclairs aux feux de Bengale, on a chuchoté à leurs oreilles, comme le dernier terme de la philosophie et de la sagesse modernes, les propositions surannées des gnostiques et des manichéens.

Mais qu'importe aux hommes chez lesquels le sens moral et l'intelligence sont amoindris par la domination des passions inférieures, qu'un système soit plus ou moins raisonnable? Ce qu'ils recherchent avant tout, ce sont des théories propres à légitimer leurs convoitises et leurs vices. De tous temps, les hommes abaissés à ce point se sont écriés : « Il n'y a pas de Dieu! Il n'y a pas de propriété! » De tout temps, ils ont souhaité que la justice et la force organisées pour s'opposer à leurs méfaits, s'écroulassent dans l'anarchie, et lorsqu'une société est assez insensée pour multiplier volontairement le nombre de ces hommes, il arrive un moment où la foule profère ouvertement des blasphèmes contre la civilisation et contre l'humanité.

On se rappelle ces jours lugubres où, à la face du monde civilisé, on entendit, dans des congrès et dans des réunions publiques, s'élever une tempête de discours, de résolutions, de manifestations contre Dieu, contre l'autorité, contre le mariage, contre la propriété et la liberté. La Révolution avait compris que le temps était venu où elle pourrait cesser de jeter, sur ses vraies doctrines, le mystère des sociétés secrètes. Deux ans plus tard, en effet, au sein d'une des villes les plus considérables de l'Europe, une armée formidable se levait en inscrivant ces mots sur ses enseignes :

Plus de prolétaires ni de sujets.

Plus de préfectures ni de départements.

La Commune égalitaire.

Plus de représentations ni de délégations.

Plus d'armées.

Plus de clergés ; le peuple doit être son propre prêtre.

Plus de magistrats : le peuple doit être son propre juge.

Restitution solidaire des vols faits au peuple.

Suppression de l'héritage.

C'était là une transformation complète des principes qui dirigeaient les actions des hommes civilisés par le Christianisme ; c'était tout un ordre d'idées et d'institutions, ayant la divinité pour principe et pour fin, qu'il s'agissait de noyer dans le sang, afin de faire place à un ordre d'idées et de faits absolument contraires. « Tout ce qui existe est mau- » vais, » disaient ces hommes : « Il faut, au *nom de la mo- » rale de la Révolution, proscrire la morale de l'Evan- » gile* (1). » C'était indiquer nettement que la Révolution ne pouvait achever « sa mission, » qu'en réalisant dans le monde les maximes de l'antichristianisme pur. Il n'était plus question de moyens termes, ni de compromis, car *Jésus-Christ ayant élevé l'homme jusqu'à Dieu, par une antithèse inévitable, la Révolution veut l'abaisser jusqu'à la bête.*

La Commune de Paris échoua dans son entreprise, mais le lendemain même de sa chute, il se trouva dans toutes les parties du monde des adeptes de la même cause qui proclamèrent ses soldats des martyrs, et le grand œuvre inachevé fut repris à l'instant même, soit dans le mystère des associations secrètes, soit publiquement. Toujours servie par les rois, par les hommes politiques, par les conservateurs libéraux, la Révolution dirige aujourd'hui en tous lieux, contre le Christianisme, les menées des sectes occultes et les ardeurs officielles des gouvernements, pendant que du sein des foules matérialisées s'élèvent des voix et des

---

(1) M. Gambetta, dans un discours sur la tombe de M. Quinet (mars 1875), dit : « Ce qu'il avait voulu appliquer, c'était moins telle adminis- » tration ou telle politique, que de *nouvelles lois morales*..... La Révolu- » tion française était surtout à ses yeux une *grande révolution morale*. »

scrutins qui exigent l'abolition des institutions distinctives de l'humanité. Elle parle, et un mot d'ordre vole de bouche en bouche, de cité en cité, de continent en continent. En vertu de cette consigne, l'Etat sans Dieu, l'instruction gratuite, obligatoire et laïque, le mariage civil, l'antagonisme entre les classes, la persécution religieuse, la haine du riche et le mépris du pauvre, en un mot, tout ce qui tend à amoindrir, à diviser et à déchirer l'humanité, est propagé partout au même moment et avec le même acharnement. Un souffle de tyrannie antireligieuse et antisociale, comme on n'en vit jamais, passe sur le monde, et cette effervescence de décomposition et de mort s'appelle « la lutte civilisatrice. » Le Christianisme, la vérité, la liberté, la paix constituent la barbarie qu'il s'agit d'étouffer ; l'athéisme, la libre-pensée, le droit de la force, l'esprit d'insurrection et de guerre sociale sont le progrès et la civilisation véritables.

Le but est atteint, et le mal transformé en bien veut être reconnu solennellement, consacré par des institutions et chargé de gouverner les hommes. On ne peut penser sans frémir à la somme d'efforts dépensés à cette heure par l'intelligence et par l'activité humaines, pour amener l'humanité à se désorganiser et à s'avilir de ses propres mains. L'antichristianisme, qui a créé cette situation, en profite pour essayer d'atteindre la conséquence naturelle du règne du mal, qui est la destruction de la société et du genre humain. Pour exciter les hommes à se détruire les uns les autres, il se sert de l'égoïsme. « Le fait supérieur à tout, » dit-il à chaque individu, « c'est ton existence et aucune collectivité ne peut t'obliger légitimement à obéir à ses lois. Toutes doivent te demander ton assentiment, et lorsqu'il te plaît de le refuser, tu as le droit de traiter en ennemis l'Eglise, l'Etat, la famille, l'humanité. »

C'est par là que les sociétés secrètes ont pu présenter comme un idéal à l'homme moderne l'état de « pure nature, » la vie anarchique et bestiale. Travestissant à leur manière les croyances chrétiennes, « la faute originelle, disent-elles, le péché d'Adam et de ses fils » consiste à avoir renoncé à cette condition primitive, pour inventer la civilisation et pour obliger l'individu à sacrifier aux lois sociales les désirs de son cœur et son « bien-être » personnel. « L'indépen-» dance retrouvée..., la soustraction à toute autorité et à » toute puissance, » c'est le rétablissement de « l'âge d'or..., » l'édification du temple de Salomon, » le retour au Paradis perdu. « Au fameux cri de Luther : Tous les chrétiens sont » prêtres ! le théosophe Saint-Martin, à trois siècles de dis-» tance, répond par ce cri ridicule : Tous les hommes sont » rois ! » Dès lors, à la loi de l'obéissance succède la loi de la révolte, « l'insubordination » devient la vertu principale des hommes, parce que, par elle, « l'indépendance » primitive sera retrouvée et le Paradis perdu reconquis. C'est pourquoi la Révolution dit à ses initiés : « L'homme est né rebelle ; attisez ce désir de rébellion jusqu'à « l'incendie, » c'est-à-dire « suscitez contre toutes les associations humaines qui ne vivent que du respect des droits d'autrui, que de la soumission aux lois, de l'observation du devoir et de l'obéissance à un chef, la révolte incessante de toutes les individualités devenues délibérément acariâtres et furieuses. La liberté absolue du moi est le droit supérieur et invincible : il faut que ce droit souverain vexe, trouble et dissolve l'Eglise, l'Etat, la famille, l'ordre social, armés de leurs prescriptions, de leurs juges, de leurs soldats, jusqu'à ce que rien n'arrête plus la liberté individuelle, dominant toutes choses par l'anarchie. »

Les abaissements du monde communiste ne sont donc pas encore le fond du mouvement antichrétien. Son idéal extrême, c'est l'émancipation complète du penchant qu'a l'humanité dévoyée et corrompue pour la désorganisation et pour le néant.

« Je commence à croire, disait naguère un révolution-» naire espagnol, que, dans notre parti, il y a des hommes

» pour lesquels l'idéal politique est l'anarchie (1). » En effet, ces hommes existent ; ils sont les véritables fils de la Révolution et les seuls qui comprennent son but réel. L'histoire de ce temps la montre toujours inquiète et affairée tant qu'elle n'a pas introduit partout le désordre et la ruine, et si parfois elle paraît ordonner quelque chose, c'est parce qu'elle espère arriver, par la légalisation de l'iniquité, à des ruines plus grandes encore. Armée du plus cruel et du plus dissolvant des vices, la Révolution a fait de la société secrète la forteresse des égoïsmes coalisés et des espérances coupables. C'est là où se retranchent toutes les indocilités inspirées aux hommes de ce temps par la haine de la foi et du sacrifice chrétien, par l'amour des jouissances immédiates et par l'horreur de l'ordre. De même que les cœurs honnêtes se dilatent et s'affermissent dans le bien par le contact avec leurs pareils, de même les âmes perverties, en se rapprochant les unes des autres, s'exaltent et s'encouragent dans le mal. A l'abri du mystère, les individualités affolées d'égoïsme passent leurs marchés, préparent leurs méfaits respectifs et cherchent à s'assurer l'impunité par l'organisation d'un désordre perpétuel. Tout paraît possible, en fait de bouleversements et de violences, à ces hommes qui s'enivrent de leurs fureurs et de leurs convoitises réciproques, qui ne connaissent plus ni religion, ni affections familiales, ni patrie, ni humanité, et qui, ainsi que les vers sur un cadavre, ne songent qu'à se repaître de pourriture, isolément et sans crainte.

De temps en temps, on entend sortir de ces antres de l'individualisme antisocial des cris de haine et d'imbécilité féroce qui montrent à quel degré la Révolution a développé le principe destructeur et homicide qui est dans l'humanité : « Le mot de la situation, » dit un organe de l'Internatio-

(1) Le dernier congrès socialiste à Genève s'est séparé au cri de : Vive l'anarchie (septembre 1873) !

nale, « est : politique destructive... Pour arriver à notre » but, tous les moyens sont bons : ils nous appellent la » barbarie, et se disent la civilisation ; eh bien, soit ! C'est » la guerre barbare qu'il nous faut... O Révolution ! nous » ne nous sommes pas assez souvenus que tu veux qu'on » t'embrasse avec des bras rouges de sang : nous avons été » doux pour ces gueux effarouchés. Pardonne, nous ne le » ferons plus ! Désormais, entre ces drôles et nous, la » guerre est éternelle ; plus de fer rouge, plus de bagne, » plus de mépris ! la mort. »

Si le Christianisme avait besoin d'être vengé, ne le serait-il pas en voyant où arrivent ceux qui le fuient ? Il n'y a plus d'ordre ni de paix possibles là où l'antichristianisme règne : l'homme y est l'ennemi de Dieu, la raison y a pour adversaire un matérialisme abject, le pauvre y menace le riche, le citoyen y attaque le gouvernement, le fort y asservit le faible, l'homme y renie sa patrie. Chacun des éléments qui constituent l'humanité, enorgueillis et surexcités les uns contre les autres, y aspirent tous à l'anarchie, afin d'acquérir la liberté de s'exterminer mutuellement. Les expressions de cette fraternité nouvelle ne retentissent-elles pas de toutes parts : Mort aux prêtres ! Mort aux rois ! Mort aux riches, aux bourgeois, aux capitalistes, aux cléricaux ! Ne peut-on pas se figurer par les crimes de la Commune de Paris et du cantonalisme espagnol, ce que sera le jour où ces aspirations féroces auront conquis ce qu'elles appellent : *leur liberté ?*

On ne peut constater plus clairement que l'esprit révolutionnaire a diminué l'aptitude des hommes à vivre en société. Le principe d'individualisme s'élève à l'heure présente contre toute sujétion, et le pouvoir, reconnu aux forces qui tendent à l'insociabilité, s'exprime logiquement par un effort violent pour introduire l'anarchie au sein des diverses associations. Religion, famille, patrie, humanité, toutes, à commencer par l'Etat, leur soutien naturel, sont menacées de dissolution par l'égoïsme, proclamé souverain du monde moderne.

Ce n'était pas là ce que l'antichristianisme avait promis à l'humanité pour la séduire. La raison surtout était loin de s'attendre à de semblables résultats de son entreprise, elle qui croyait être la souveraine toute-puissante du monde. Mais pour miner la civilisation moderne, il a suffi à l'antichristianisme *de faire sortir du dogme de la souveraineté de la raison, le dogme supérieur de l'homme souverain.* L'esprit humain, aveuglé par ses prétentions, ne s'était pas aperçu que les conséquences logiques du principe, favorable en apparence à son empire, donnaient à toute personnalité le pouvoir de nier le droit social au nom du droit individuel et de l'égalité. L'amour du Fils de Dieu pour les hommes étant le mobile principal du Christianisme, celui de la doctrine antichrétienne devait par contre être l'égoïsme. Sur la bouche de tous les modernes, on surprend le mot antisocial du premier et du plus illustre des révoltés : *Non serviam.* « Je ne serai pas esclave, car je suis le souverain de mon intelligence et de ma vie. Mes paroles, ma volonté, mes actes, sont l'expression de la vérité, du bien et de la justice. Qui oserait donc me commander ! Si mes idées et mes intérêts diffèrent des idées et des intérêts de quelqu'un, la force est le seul juge que j'accepte entre cet homme et moi. Je dominerai sur tout ce qui m'entoure et je détruirai tout ce qui me résistera : je ne sacrifierai rien de moi-même, si ce n'est par force ou par intérêt ; et cette force anéantie, ou cet intérêt épuisé, je ne serai plus obligé à rien. Je prendrai tout, je jouirai de tout, je consommerai tout, dussent l'humanité et le monde périr avec moi ! »

Le voilà bien cet être que le Christ avait appelé à la vie divine ! Le voilà ce cœur que la possession de Dieu peut seule rassasier ! Il a secoué le joug de Jésus-Christ, et il ne veut plus à bon droit de maître d'aucune sorte : un rationalisme inepte lui a enlevé le bien divin, et il exige pour satisfaire des convoitises insatiables tous les biens de la terre; il n'admet ni rivaux, ni partage.

« Et maintenant, ô raison orgueilleuse! jouis du succès de ton œuvre! Tu avais voulu créer un monde en dehors des lois de ton créateur et de ton rédempteur; le monde de l'antichristianisme existe, mais ton pouvoir y est méprisé et foulé aux pieds. Le souverain qui y règne, c'est la « souveraineté individuelle, source de tous les droits et de tous les devoirs. » C'est en vain que, pour satisfaire la passion des hommes antichrétiens pour l'indépendance, et leur avidité pour le plaisir, tu as désarmé la société de ses prérogatives et organisé le communisme de la souveraineté, ou le droit du nombre ; le communisme des fonctions et des honneurs, ou l'admissibilité des plus ineptes et des plus ignorants des hommes à tous les emplois ; le communisme des biens, ou le partage égal des successions et les spoliations juridiques ou nationales; c'est en vain que, de bassesses en bassesses, tu en viens à t'écrier : « Eh bien! puisque » c'est l'appropriation inégale de l'autorité et des jouis- » sances qui divise les hommes et les pousse à un anta- » gonisme destructeur, supprimons le gouvernement et la » propriété! Plus de priviléges de l'intelligence, du travail, » de la continence, de la vertu ! Que tous les hommes gou- » vernent à la fois et possèdent tout! » Honte inutile! En prenant toutes les révoltes de l'égoïsme pour en faire les articles d'une nouvelle constitution sociale, tu es l'infime jouet de la Révolution, qui se sert de toi pour ajouter à tous les antagonismes qu'elle a suscités, le plus meurtrier et le plus irrémédiable de tous, c'est-à-dire, celui qui placé en face d'une société pour laquelle la personne humaine est un ennemi sans droits, des individualités sans frein, qui attaquent cette même société comme l'instrument de leur servitude.

Quelqu'un a dit : « *que l'on servait la Révolution, mais qu'on ne se servait pas d'elle.* » L'homme moderne, en effet, en voulant utiliser ce mouvement dans un but de glorification et de bonheur, n'a pas recueilli les avantages qu'il recherchait. Ses espérances sont vaines ; il joue le rôle d'un halluciné, d'un poursuivant perpétuellement berné de mirages de bonheur et de gloire, dont la réalité est une suite interminable de souffrances et d'ignominies. Si l'échelle mystérieuse de Jacob montre les êtres créés s'élevant de la terre aux cieux et se perdant dans une région resplendissante de lumière et de félicité, la Révolution a établi dans le monde moderne comme une suite de degrés que les hommes et les peuples descendent toujours, en s'enfonçant de plus en plus dans la région des ténèbres et du mal.

Ce qui est l'action propre de l'homme dans la Révolution aboutit à un avortement et à une déconvenue profonde. De tous ceux auxquels l'antichristianisme avait promis satisfaction, l'anarchiste a seul le droit de se réjouir, puisque les choses sont de plus en plus disposées suivant ses vues, dans un monde où personne ne sait plus ni commander, ni obéir, ni conserver quelque chose ; et si l'on a pu croire quelque temps que la Révolution préparait le bien futur de l'humanité, il est impossible aujourd'hui de voir en elle autre chose qu'un système ingénieux pour rendre la discorde et ses conséquences détestables, perpétuelles parmi les hommes. On la voit prendre plaisir à renverser, les uns après les autres, les édifices divers qu'elle avait élevés pour séduire chacun des éléments de l'être humain. La raison, les rois, les peuples, les classes, les individualités de toute sorte sont tour à tour les victimes de ses artifices : elle les amuse, elle les trompe, les aigrit, les divise et les surexcite par mille moyens, jusqu'à ce que, les heurtant violemment les uns contre les autres, elle les ait amenés à se meurtrir et à s'ensanglanter mutuellement. Dans son propre camp même, elle se complaît à former deux peuples ennemis, qu'elle agite et précipite en sens contraire, afin de jouir des explosions de leurs haines, de leurs déchirements, de leurs douleurs, de la vue des ruines qu'ils accumulent.

Ah! le « corps de destruction » qui sape la société antichrétienne est réellement bien « organisé pour cette fin, » savamment « homogène et adhérent dans toutes ses parties! » Sur *les ruines de l'ordre surnaturel qui grandissait l'homme jusqu'à Dieu par la grâce de J.-C., il a jeté les ruines de l'ordre intellectuel, de l'ordre moral et social, de l'ordre naturel lui-même.* Pendant qu'il poussait les habitants d'une même patrie à se haïr et à se lacérer, il introduisait les mêmes principes de désunion et de mort dans les rapports des peuples entre eux. A côté de l'individualisme destructeur de la vie intérieure des nations, il suscitait l'individualisme destructeur de leur vie internationale. Là aussi le vice antisocial protestait contre la loi par l'adage fameux: « La force prime le droit. » « Les races faibles ou dégénérées sont « un obstacle » à la civilisation et aux progrès généraux de la race humaine, » se sont aussi écriés les ambitieux et les forbans du monde civilisé; « les races intelligentes et fortes ont le droit de supprimer cet obstacle par la guerre et par la conquête, car il gêne « *leur liberté.* » Tous les moyens ont paru bons pour atteindre ce but libéral; la ruse, la perfidie, la sédition excitée chez l'ennemi, les dévastations, en un mot, le mépris des règles qui constituent l'humanité différente d'une bande d'animaux féroces. Les malheureuses populations du Danemark, du Hanovre, de l'Italie, de l'Alsace et du nord de la France ont éprouvé combien le libéralisme autorise d'actes odieux, de cruautés inutiles, d'abus de la force, et il est facile de conjecturer quels germes de guerres et de calamités l'égoïsme de certains peuples, excités et soutenus par la Révolution, a jetés dans l'univers.

L'antichristianisme avait aussi promis la république universelle, la fin des guerres de peuple à peuple, un bonheur général: l'humanité moderne dont tous les citoyens sont devenus soldats et dont les richesses se consument à entretenir des armements formidables, contemple avec stupéfaction la paix que la Révolution lui a faite. Elle a été déchirée par le choc sanglant de peuples entiers, elle est tous les jours à la veille d'en voir reproduire de semblables, mais elle est incapable de comprendre qu'elle souffre, parce qu'elle a apostasié l'auteur du bien et de la vie, et parce que n'ayant pas voulu appartenir au Christ, elle appartient au dominateur du royaume du mal. Dans la voie funeste qu'elle a choisie, elle a trouvé un maître cruel qui, connaissant les tendances particulières de chacun de ses éléments constitutifs, s'attache à troubler et à intervertir leurs rapports, de manière à ce que ces personnalités que Dieu avaient faites pour s'aimer et pour s'unir dans la paix et dans le bonheur, en viennent à se détester, à se rendre malheureuses et à se détruire dans des conflits perpétuels. Planant alors au-dessus du carnage et des ruines, l'esprit du mal se réjouit de la confusion et des maux de cette humanité qui, formée à l'image de Dieu et rachetée par le sang de Jésus-Christ, préfère s'abaisser au-dessous de la brute, jusqu'à l'enfer.

Ainsi s'affirme le dernier caractère de la Révolution, ou le satanisme. L'homme a voulu exploiter le mal pour y trouver le bonheur, mais le mal se rit de ses efforts et se retourne, implacable, contre lui. Le mouvement antichrétien, abîme insondable de maux pour la race humaine, apparaît aux yeux de l'observateur comme l'œuvre d'une intelligence supérieure à celle des hommes, qui tend à leur infliger, comme une vengeance personnelle et comme un châtiment divin, les lois du sombre empire d'où l'ordre est banni et où règnent d'éternelles ténèbres et une éternelle impuissance.

CONCLUSION.

Nous voici arrivés à la fin de cette étude. Nous disions dans ces premières pages : « Si l'on analyse la doctrine ré-
» volutionnaire, on trouve où elle commence, mais on ne
» sait où elle finit. »

« En général, elle a pour point de départ les idées abso-
» lument contraires aux principes du christianisme ; et elle
» va ainsi du rationalisme à l'athéisme, de la libre-pensée
» à la négation de la pensée, de la souveraineté du peuple au
» droit d'insurrection en permanence, du socialisme au
» communisme, du sensualisme à la théorie de l'homme-
» singe. Elle sait être, tour à tour ou tout à la fois, le vieux
» et le néo-catholicisme, le gallicanisme, l'éclectisme, le
» voltairianisme, le déisme, la négation pure de Dieu et le
» bestialisme. Ses idées propres paraissent insaisissables,
» car au moment où l'on croit pouvoir les définir, elles
» s'accentuent ou s'effacent suivant les circonstances. »

A cette heure, nous avons contrôlé par les faits de plus en plus concluants de l'histoire, les idées de la Révolution. Ce rapprochement les a dépouillés des couleurs sous lesquelles l'imagination des hommes et l'esprit du mal les présentaient, et nous pouvons résumer leurs divers caractères en disant : la Révolution est un mouvement antireligieux, qui devient logiquement, par suite, un mouvement antisocial et antihumain.

L'homme est un être distinct de tous les êtres qui l'entourent, en ce sens que sa destinée sur la terre n'a, à ses propres yeux, qu'une importance secondaire, et qu'il ne peut pas se séparer de l'idée de création, de dépendance et d'éternité, quoiqu'il lutte à chaque instant contre elle, tantôt d'une manière, tantôt d'une autre, par une contradiction singulière et avec une opiniâtreté toujours impuissante. La Révolution est la forme la plus énergique, la plus générale et la plus durable de cette lutte de la volonté humaine, parce qu'elle est la contradiction complète de la révélation par Dieu même de la condition créée, dépendante, déchue, immortelle de l'homme, et de l'impossibilité où il est d'y remédier autrement qu'avec le secours de son Créateur.

Nous avons montré que la grande transformation des idées, des mœurs et des existences opérée pendant l'ère chrétienne s'était accomplie au nom et sous l'influence d'un principe divin, incarné et vivant dans l'humanité, et que le propre de la doctrine antichrétienne est de réduire les manifestations et les développements de la vie à l'action indépendante et souveraine d'un principe purement humain.

L'antichristianisme procède donc, en premier lieu, d'une pensée d'orgueil qui consiste à prétendre et *à vouloir prouver par des faits* que l'humanité se suffit à elle-même. Simple créature, l'homme veut être semblable à Dieu, qui n'a besoin de personne; mais il est surtout séduit par cette conséquence de sa pensée première : l'homme, semblable à Dieu, doit être, comme Dieu, absolument libre.

La Révolution pose ainsi, sur la terre, la grande question qui se pose dans tous les mondes créés entre l'intelligence finie et l'intelligence infinie, entre la créature et le Créateur. Qui connaît les lois de l'existence des êtres : est-ce celui qui les fait, ou est-ce celui qui est fait? Qui obéira; sera-ce la créature ou sera-ce le Créateur? sera-ce le père ou sera-ce le fils? Qui sera heureux? sera-ce celui qui aura suivi les lois de la Raison infinie, ou sera-ce celui qui aura obéi aux indications de la Raison finie?

Le premier de tous les révoltés souffle à l'homme les mots de sa propre révolte : « Ce n'est pas à la créature à obéir; c'est à Dieu! Je ne serai pas esclave; je constituerai moi-même mon existence, et je serai heureux! » Après avoir prononcé ces paroles dans Adam, l'humanité les prononce encore aujourd'hui sous une forme nouvelle, après que le Fils de Dieu a montré aux hommes la vérité en s'écriant que : « Sa nourriture était de faire la volonté de son Père. » La Révolution est, avant tout, une entreprise de toutes les créatures rebelles à Dieu, coalisées aujourd'hui contre cette manifestation de Dieu par son Fils, qu'on appelle le Christianisme. L'homme cherche inconsidérément encore à échapper à la condition de la créature; l'ange rebelle cherche à se faire des compagnons et des victimes. Par suite de l'étroitesse de son intelligence finie, l'homme, enivré d'orgueil, n'aperçoit pas les résultats de sa prétention; *l'événement, c'est-à-dire la corruption et la douleur sont chargées de les lui apprendre.*

En effet, la révolte ne résout pas la fatale question, et si, dans le monde de l'antichristianisme, elle ne se pose plus entre Dieu et l'homme, elle se pose aussi nécessairement entre l'esprit et la matière, entre l'homme raisonnable et entre l'homme sensuel et passionné. Qui fera la loi, de l'un ou de l'autre? qui obéira? qui sera heureux? Chacun de ces deux éléments de l'être humain n'a-t-il pas des aspirations et une fin opposées? Le bonheur de l'un n'est-il pas fatalement le malheur de l'autre? qui sera le maître et qui sera l'esclave?

Pour certains antichrétiens, le principe humain qui doit tout régler souverainement, c'est la raison; pour d'autres, c'est la matière. Ces deux principes et leurs sectateurs se disputent le monde antichrétien *par la loi suprême de la liberté*, et les uns tendent à écraser les autres. Ce qui abuse un grand nombre d'hommes au sujet de cet antagonisme fatal et de sa fin non moins nécessaire, c'est que tous les antichrétiens se liguent momentanément contre le Christianisme, leur ennemi commun. Nous avons montré comment la raison révolutionnaire prétendait organiser toutes choses suivant ses vues et régner sur les ruines de la société chrétienne. Ces ruines sont sous nos yeux, et le rationalisme semble être bien près d'arriver à son but.

Le schisme et l'hérésie avaient déjà séparé de l'Eglise une partie notable des nations civilisées et diminué la puissance moralisatrice et fécondante de la révélation, en soustrayant à son action directe des races généreuses. C'est par là que la Révolution a engagé dans sa cause la sage Angleterre, la patiente Allemagne, l'immense Russie, pendant qu'elle gagnait, au moyen du libéralisme, les nations catholiques.

L'Eglise s'était attachée plus spécialement certains peuples qui vivaient par elle et qui étaient liés à son existence comme l'enfant est lié à celle de sa mère. La Révolution a si bien fait, qu'aujourd'hui, non-seulement il n'existe plus de chrétienté, mais qu'il n'existe plus même de puissance chrétienne disposée à défendre l'édifice même du Christianisme. Au moment où le mouvement révolutionnaire s'est emparé de Rome, on a pu juger à quel point cet édifice avait été démantelé par une puissance ennemie. En 1848, les nations civilisées avaient encore manifesté leur foi et leur dévouement, en intervenant en faveur de l'auguste et grande institution qui avait été la lumière de l'univers et la pierre fondamentale de la civilisation moderne. En 1870, la Papauté a été dépouillée, insultée, verrouillée dans sa prison du Vatican, sans que personne, dans le monde enfanté par le Christianisme, ait répondu au cri de détresse du Père commun des chrétiens. Eh ! qui aurait songé à élever la voix ! La Révolution n'avait-elle pas décomposé complétement la catholique Espagne en la livrant à une anarchie endémique? N'avait-elle pas annihilé l'Autriche en lui imposant la domination des Juifs et des libéraux? N'était-elle pas parvenue à faire de l'Italie la geôlière du Pape et la spoliatrice de l'Eglise, tandis qu'elle enchaînait la France en la jetant en proie à la domination de l'athéisme démagogique et à la conquête d'un roi protestant ?

A cette heure, le Christianisme est aussi délabré que pourrait l'être une chose purement humaine. L'Eglise ressemble à un peuple assailli par un ennemi formidable qui a tué les uns, dispersé les autres, emmené ceux-ci en captivité et fait oublier à ceux-là leur Dieu et leur patrie. Une foule d'hommes ne connaissent plus le Christ ; un grand nombre le détestent sans le connaître ; d'autres le maudissent sciemment *parce qu'il est l'auteur de la loi.* A la faveur de l'indifférence ou de l'apostasie des nations, la Révolution attaque directement, à cette heure, l'organisation matérielle du christianisme et ses organes essentiels. Maîtresse des gouvernements et de la force publique, elle exploite la païenne et homicide erreur qui prétend faire des âmes le domaine du pouvoir civil : les prisons s'ouvrent pour les chrétiens qui revendiquent les droits supérieurs de l'esprit, et le Vicaire de Dieu fait homme n'est plus qu'un pauvre vieillard, dénué de toute force matérielle, retenu en captivité, prêt à disparaître en entraînant avec lui la Papauté dans la tombe. De même qu'il y a plusieurs siècles, les idées chrétiennes avaient uni les hommes dans une action commune contre l'islamisme, de même de nos jours la raison antichrétienne forme, avec une habileté singulière, une ligue universelle contre la religion signalée de toutes parts comme l'ennemie de la liberté humaine. L'on voit les hommes politiques de toute nation mettre, sans hésiter et sans pudeur, au service de la Révolution leur intelligence, leur activité, leur conscience. Elle leur commande la haine, la persécution, le meurtre ; elle est obéie d'une extrémité du monde à l'autre, et les civilisés de l'Europe s'honorent de suivre en ceci l'exemple des Japonais et des Chinois. Déjà même, l'on entend le naturalisme s'écrier en triomphe que l'oracle divin est trompeur, et que les portes de l'enfer vont prévaloir contre l'Eglise de Jésus-Christ.

Mais à mesure que le mouvement antichrétien réussit, son caractère antisocial et antihumain s'affirme davantage. Nous avons décrit toutes les conséquences détestables de l'antichristianisme. S'il est extraordinaire et particulier à ce temps de voir une religion qui a illuminé l'intelligence, élevé la justice au-dessus de la force, aboli l'esclavage, relevé la femme, fondé la famille et la liberté sur leurs véritables bases, devenir un objet de haine et de persécution, il serait bien plus étonnant que la disparition de cette religion ne ramenât pas la nuit dans les intelligences, la suprématie de la force, la dissolution des associations humaines et de la propriété, la confiscation de la liberté. Le Christianisme avait nettement fixé les prérogatives inviolables du genre humain; le mépris du Christianisme a amené le mépris des biens qu'il avait procurés et a inoculé aux hommes un goût dépravé pour les abus qu'il avait détruits. Nous avons montré la négation de Dieu, le droit de la force, la souveraineté du nombre et de la matière devenant les maximes préférées du monde antichrétien et s'imposant comme des dogmes indiscutables.

Aujourd'hui, les foules, conduites par des chefs hardis et intelligents, exigent impérieusement que les sociétés soient organisées conformément à ces principes. Une partie de l'humanité envie le sort de l'animal : des hommes croient qu'ils seront libres et heureux quand ils ne prieront plus, quand ils s'accoupleront, quand ils n'auront plus rien en propre. Déjà, en plusieurs pays d'horribles luttes se sont établies dans le but de réduire des peuples entiers en cet état : les communistes vaincus sont des martyrs, des régénérateurs auxquels l'humanité tressera un jour des couronnes !

Qu'est-ce que cette nouvelle forme de la Révolution, si ce n'est l'affirmation, de la part de l'élément matériel et inférieur, de son droit de ne pas obéir, de ne pas se sacrifier, de s'emparer du monde et de rendre heureux les hommes à sa manière ? L'esprit qui dirige les sens, qui fait travailler, qui paye un salaire, c'est « l'oisif, » l'ennemi de la matière ou du « travailleur. » L'homme moins intelligent, dissipateur, passionné, sensuel ne peut être libre et heureux qu'en détruisant la prédominance de l'homme intelligent, prévoyant, vertueux, spirituel. Le règne de celui-ci est aussi usurpé et aussi injuste que celui de Dieu : la matière a seule des droits, parce qu'elle seule existe positivement, et l'esprit doit lui être assujetti parce qu'il n'est pas.

En présence de ces aspirations qui lui paraissent insensées, le rationalisme antichrétien cherche en vain à défendre ses créations intermédiaires. Grâce à ses propres principes et aux institutions qu'elle aime, la Révolution ne peut plus avoir d'autre signification que celle de la destruction complète du vieux monde et de tout ce qui avait été considéré jusqu'ici comme les fondements mêmes de l'humanité ; car il faut nécessairement des institutions nouvelles pour satisfaire à des aspirations inspirées par un principe nouveau et diamétralement contraire à la raison.

Le fait remarquable, c'est que la raison ait posé elle-même les prémisses dont la Révolution tire les conclusions, et que les trois forces dont celle-ci se sert pour arriver à son but, soient la mise en action des trois idées matérialistes chères à tous les lettrés et à tous les politiques modernes. C'est donc au nom du droit de la force, au nom de la souveraineté du peuple et du droit consenti, que la Révolution a constitué une légalité nouvelle, propre à enlever peu à peu sa prépondérance légitime à la partie de l'humanité qui forme les nations par la vertu, par l'intelligence, par l'instruction et par la richesse, pour donner le pouvoir aux hommes pour lesquels les satisfactions matérielles et passagères sont tout, et qui exigent dès lors que la matière devienne la maîtresse, et la raison, l'esclave.

Il est impossible de ne pas remarquer l'importance que

les idées d'athéisme, de force, d'égalité, de plaisir ont donnée de nos jours à la déraison et au mal ; combien la Révolution a multiplié par elle le nombre des insensés et des malfaiteurs ; quelle audace elle leur a communiquée en rendant légales leurs revendications, et combien la victoire de l'élément matériel et destructeur de l'humanité est par là devenue facile (1). En 1789, le groupe d'hommes qui constituait le personnel révolutionnaire n'était ni aussi bien organisé, ni aussi bien placé pour agir, ni aussi appuyé dans le monde que ne l'est aujourd'hui la ligue qui assaille le Christianisme et la société. Cependant, l'ancien monde fut constitué par lui en état de démolition. « Religion, mœurs, langage, » démarcation des empires, forme de gouvernement, classement des hommes entre eux, base des propriétés, » tout fut effacé et refondu. » Quatre-vingts ans après, la Révolution s'avance, armée d'un principe qui ne laisse plus rien debout, elle n'a devant elle que des multitudes démoralisées et dépourvues d'individualités puissantes ; ses auxiliaires sont la centralisation, le suffrage universel, le cosmopolitisme et le pétrole. Les soldats dont elle dispose sont devenus cent fois plus nombreux, le terrain sur lequel ils opèrent est infiniment mieux préparé, l'édifice qu'il s'agit de jeter bas est miné, démantelé, désemparé par ceux-là mêmes qu'il abrite ; il n'y a pas un coin de terre où la secte bestiale n'ait des adeptes : en Russie, ils s'appellent nihilistes ; en France, radicaux ; en Espagne, intransigeants ; ailleurs, anarchistes, internationaux, républicains. Partout

---

(1) N'est-il pas caractéristique, par exemple, de voir des enquêtes et des publications écrasantes établir chaque jour en France les inepties et les méfaits des radicaux, et de constater néanmoins que les progrès du radicalisme sont incessants, au point de faire craindre la prise de possession légale de ce pays par des hommes qui se sont fait remarquer uniquement par leurs attentats contre les libertés publiques et privées et par leur incapacité ? N'est-ce pas là une affirmation éclatante de la puissance acquise par la déraison et par le mal ?

ces nouveaux barbares trouvent aide et soutien parmi les conservateurs sceptiques, ambitieux, libéraux; enfin, un grand Etat a été formé par la Révolution, et cet Etat, armé d'une force militaire formidable, pourvu d'hommes politiques audacieux, n'hésite pas, comme autrefois les Romains, à exploiter les passions anarchiques et antisociales de ses rivaux, afin de les asservir et de dominer la terre.

On le voit, le principe rival de la raison est bien près d'être le maître. Trop de volontés se mettent à son service avec un acharnement insensé pour que ce résultat ne se produise pas un jour ou l'autre. Le prophète de 1797 avait donc raison de dire que la Révolution était « un corps de » destruction qui, dans sa course, devait tout écraser ou » être écrasé lui-même. » Par une gradation invincible de principes et de faits, ce qu'elle menace à cette heure, c'est la nature humaine tout entière, avec les qualités qui la distinguent de la brute ; mais la force qui écrasera à son tour la Révolution et qui l'empêchera de détruire la société et les choses humaines, où est-elle ?

Il semblerait que le principe intelligent de l'humanité est fait pour prévoir de pareils cataclysmes et pour les prévenir. Cependant, ce qui caractérise l'état mental actuel des civilisés, c'est une sorte de désespoir et le pressentiment de catastrophes inouïes. « Notre siècle, disait en mourant un antichrétien fameux, se couche comme le soleil après un » jour orageux ; il semble sanguinolent et inspire la terreur. » Les dix mille journées qui restent au XIXe siècle à parcourir jusqu'à sa fin, se dressent épouvantables devant nos » yeux (Guerrazzi, 12 nov. 1872). » Ecoutons à son tour un doctrinaire célèbre : « Nous avons assez fait de ruines, dit-il, » ruines matérielles, ruines morales et sociales...... Nous » avons devant nous un grand inconnu ; appliquons-nous à » conserver le peu qui nous reste (M. Guizot, 1873, dis- » cours à Caen). » Pauvre humanité moderne ! si tu comptais sur ton intelligence pour te préserver, tu as entendu tout ce qu'elle a fait et tout ce qu'elle peut : des « ruines » et puis des « ruines, » la terreur et « l'inconnu. » Mais ce n'est pas assez. Si l'on analyse le sentiment de la plupart des lettrés et des hommes politiques, on voit que ce qui les affecte le plus, ce n'est pas précisément le danger de la société, mais cette pensée que la Révolution a trompé leurs espérances. « L'Idée » avait des charmes si décevants ! Au moment où cette Révolution chérie devait prouver qu'elle est réellement la bienfaitrice de l'homme, en inaugurant une ère nouvelle *où chacun pourrait librement mal penser, mal agir et mal vivre sans que l'ordre matériel en souffrît jamais*, elle se présente, au contraire, comme l'artisan infatigable de bouleversements, de souffrances, d'abaissements ! Elle était la foi et l'espérance des hommes, à qui iront-ils puisqu'elle seule avait les paroles du progrès et de la liberté ?

Le Christ est cependant toujours devant eux, brillant de son divin et doux éclat, maintenant au milieu des ténèbres humaines le soleil de la vérité divine, et faisant planer au-dessus des fureurs de l'antagonisme, le précepte de la sociabilité et de la vie : « Aimez-vous les uns les autres. » Mais le rationalisme ferme les yeux et ne veut pas entendre. Nous avons étudié les tristes aberrations par suite desquelles on voit se former dans les pays les plus menacés par la barbarie, un parti intermédiaire qui est à la fois l'ami et l'ennemi de la Révolution. Ici, il dit « qu'il combattra également l'absolutisme et l'anarchie ; » là, il déclare vouloir « l'ordre et les conquêtes de la Révolution ; » ailleurs, il prétend « réconcilier le Christianisme et l'esprit moderne. » C'est lui qui trouve le catholicisme trop « ultramontain ; » le décalogue trop précis, les rois chrétiens et légitimes trop honnêtes. En conséquence, il s'étudie avant tout à mettre la Révolution « hors de page, » à lui faire sa part dans ses lois et à empêcher que l'élément conservateur acquière une prédominance nette et décisive.

C'est un phénomène bien extraordinaire que celui des intelligences élevées de ce temps demeurant invinciblement rivées à la Révolution, bien qu'elle leur montre clairement qu'elle n'a pas d'autre but que de faire souffrir les hommes. Dans leur affaissement incurable, elles en viennent même à déclarer que ses cruautés sont inséparables de ses bienfaits et elles ne rougissent pas d'adorer son caractère destructeur lui-même. L'Occident a ainsi son idole du mal, devant laquelle les lettrés et les politiques s'accroupissent, avec la même résignation stupide que les Chinois et les Indiens devant leurs divinités monstrueuses et cruelles. Depuis quatre-vingts ans, ils lui offrent des sacrifices humains, sans lasser ni son avidité pour le sang ni leur ignominie : c'est le char de Jaggernauth, sous les roues hideuses duquel ils courent se faire écraser béatement, tout comme les dévots du dieu Siva.

Bien loin donc de chercher à remonter le courant qui l'emporte, la société antichrétienne tout entière le suit volontairement jusqu'au bout, et quand des *sages* s'écrient : « Nous avons devant nous un grand inconnu, » on a le droit d'être étonné de cette conclusion. L'avenir d'une société où l'intelligence abdique devant les entraînements des passions bestiales ne peut être douteux ; c'est celui des peuples dégénérés où la barbarie va absorber la civilisation.

Puisque rien dans la nature humaine seule n'est capable de résister à la Révolution, il ne reste pour la contenir que ce qui, dans cette nature, vient de Dieu et s'y rattache. La seule force qui combatte à cette heure l'esprit d'anarchie et de destruction, est celle de l'humanité unie à Dieu et fortifiée par le Christ. L'homme, séparé de Dieu, s'est soumis tour à tour à toutes les erreurs. Que serait devenue la race humaine si l'esprit chrétien n'avait pas repoussé successivement l'arianisme, le manichéisme, le mahométisme, le protestantisme? Aujourd'hui, la Révolution a centralisé tous les systèmes corrupteurs de notre nature ; mais si l'on voit encore la plus grande partie des hommes se résigner à les subir, aujourd'hui aussi le Christianisme maintient dans l'être humain l'ordre indispensable à son existence, en inspirant à la volonté la résolution inébranlable d'obéir à Dieu plutôt qu'aux mouvements contradictoires et malsains, suggérés par l'inclination au mal. En face de la volonté languissante qui se courbe tantôt sous le joug d'une raison incertaine et despotique, tantôt sous les coups de la force brutale, le chrétien se raidit et affirme hautement que Dieu seul a le droit de commander, et que la raison humaine, soumise à la raison divine, est à son tour maîtresse légitime de la matière et des hommes qui agissent en son nom.

Le Christ a ainsi établi une barrière vivante contre les erreurs et les vices qui, à tous les âges, surgissent de l'humanité comme d'une source empoisonnée, et y forment des courants de folie et de perdition. Sous le commandement de leur divin chef, les chrétiens combattent à la fois pour leur destinée éternelle et pour la société naturelle, en s'écriant depuis dix-huit cents ans : « Je ne puis troquer la nature que Dieu m'a donnée pour celle que les idées et les intérêts humains veulent me composer ; je ne veux être ni l'esclave d'un homme, ni le jouet de la déraison, parce que je suis l'enfant et le serviteur de Dieu. » La force surnaturelle et raisonnable qui soutient cette noble résistance n'a pas encore été domptée par la méchanceté humaine, et elle a trouvé la victoire et la liberté là où l'humanité ne rencontre d'ordinaire que l'esclavage et la défaite, dans les supplices et dans la mort. Ceux que la grâce de Dieu en a revêtus sont, comme l'illustre Pie IX, l'exemple de toutes les vertus et la gloire de notre nature, tandis que nous voyons chaque jour les hommes dans lesquels se personnifie l'esprit de la Révolution, se convaincre les uns les autres de mensonge, de traîtrise, de tyrannie.

L'événement décide, comme nous le disions au commencement de ce chapitre, la question posée entre le Créateur et la créature, et cet événement est un conflit, *sans remède humain* entre l'esprit et la matière, entre l'homme et les hommes, entre le pauvre et le riche, entre le savant et l'ignorant, entre la vie et la mort. D'un côté, on entend la raison s'écrier : « C'est à moi de régner ! Vive le despotisme ! » De l'autre, la matière répond : « Je commanderai et je jouirai ! *Vive l'anarchie !* » Dans cette affreuse lutte, ici les hommes d'autorité, là les hommes de passion se précipitent, se choquent, se déchirent en laissant une large trace de sang sur la terre, et l'esprit confondu ne trouve d'autre fin à cette implacable division que la destruction de la civilisation, ou le règne du Christ. Quand les hommes de ce temps seront las de servir de jouet au démon, ils reconnaîtront que le mal est le témoignage de leur imperfection, et la souffrance, la seule fin de leurs révoltes contre l'ordre qui a établi le Christ roi des hommes, et la raison, la dominatrice de la matière.

La vérité alors les délivrera. Les âmes croyantes et honnêtes attendent de nos jours une victoire subite et gratuite de l'Eglise et de la société naturelle. L'imagination qui acquiert tant de puissance chez les peuples auxquels la saine raison fait défaut, leur promet le règne d'un Constantin ou d'un Charlemagne. Certainement, Dieu peut faire un miracle pour changer le cours régulier des choses et pour sauver, malgré elle, une humanité qui le renie et qui court obstinément à sa perte ; mais, en dehors de cette hypothèse, ce que l'histoire nous apprend, c'est que les grands désordres moraux ont pour conséquence inévitable de grands désordres matériels. C'est par la souffrance dans leur chair que les hommes apprennent à distinguer le bien du mal, *lorsque leur raison est devenue incapable de faire cette distinction,* et c'est par une réaction énergique contre le mal moral, que les grandes calamités cessent. Les chrétiens sont seuls capables de susciter cette action régénératrice ; mais il ne faudrait pas qu'ils s'imaginassent que la Révolution, armée du droit de la force et du droit du nombre, va s'éclipser tout d'un coup devant une intervention miraculeuse et instantanée. Tout annonce, au contraire, une lutte des plus acharnées que le monde ait vues, puisqu'il s'agit, pour une partie notable de l'humanité, de faire disparaître de la terre, avec la notion de la vérité et de la loi absolues, l'idée même de Dieu.

On a dit que le XIXe siècle finirait par des guerres religieuses, et, en effet, ces guerres ont commencé.

Pour qui sait distinguer, à travers les menées et les chocs des ambitions diverses, la véritable philosophie de l'histoire, les guerres récentes contre l'Autriche et contre la France ont été dirigées par la Révolution contre les puissances chrétiennes, qui pouvaient secourir matériellement la Papauté et l'Eglise. Aujourd'hui, le protestantisme et la Révolution coalisés ne veulent plus souffrir qu'il y ait encore des peuples pratiquant les préceptes réels du Christ, et obéissant au chef suprême de la chrétienté : ces peuples sont donc mis en demeure de se courber sous le joug du nouveau paganisme ou de résister à ses prétentions. Les mêmes exigences tyranniques se reproduisent au sein des peuples chez lesquels des gouvernements hostiles au Christianisme ou des masses déchristianisées veulent établir, par la force et par le droit du nombre, des institutions en opposition complète avec les préceptes de l'Evangile. Une pareille situation, qui s'aggrave tous les jours, appelle forcément les chrétiens à être les témoins de la vérité et de la justice éternelle de plus en plus méconnues, et leur attitude, dans tous les pays où les deux camps se dessinent, montre qu'ils savent encore être la barrière vivante opposée par la Providence divine à l'orgueil humain et à l'esprit de tyrannie qui en découle.

La lutte du bien contre le mal s'accomplit généralement par l'action des hommes qui représentent le bien dans le monde ; et le sacrifice de la vie pour Dieu, pour la dignité de l'âme et de la nature régénérée, a toujours été la vraie victoire de l'Eglise. C'est le prix auquel le Christ a racheté le monde : c'est aussi celui auquel le Christianisme paye ses triomphes temporels et civilisateurs. L'action propre de l'homme, en allant invariablement à la corruption, fait ressortir la sagesse et la bonté divines qui conservent la vie par l'action de la créature docile à leurs lois. Le monde naturaliste et athée de 1789 s'écroulera comme le monde de l'arianisme, de l'islamisme et de la réforme sous l'action victorieuse et bienfaisante du Christ (1), la pratique de la vérité délivrera l'homme et élèvera des civilisations supérieures, mais tout indique que la forme insidieuse et puissante, revêtue dans ce siècle par l'inclination au mal, persistera plus que lui.

On raconte qu'une dame française, émigrée à Vienne, demandait un jour à un ministre autrichien combien de temps durerait la Révolution. « Madame ! répondit M. de Thugut, elle durera toujours. » Et, en effet, « l'Idée » qui a été le

---

(1) Au milieu de ces péripéties où la grandeur de la lutte proclame que la cause de Dieu seule peut susciter tant de dévouement et tant de haines, occasionner tant de conflits et tant de ruines, qu'est-ce que l'existence d'un peuple? Ce que l'on peut ajouter au sujet de la France, qui a commencé la Révolution et qui la continue si obstinément jusqu'à ses dernières conséquences, c'est que cette nation, malgré ses écroulements, est une grande force pour le bien comme pour le mal, dont les deux éléments qui se disputent l'humanité se disputent aussi la possession. Pendant que les écrivains et les hommes d'Etat français travaillent à l'œuvre de corruption de l'humanité par le libéralisme et par l'antichristianisme, les prêtres et les religieux de la France, ses petites sœurs des pauvres et ses frères de la doctrine portent dans le monde, avec une charité extraordinaire, l'esprit de l'Evangile. Cette action extérieure, jointe aux manifestations entraînantes de la vie chrétienne en ce pays, forment un courant puissant opposé à celui qui poursuit dans le monde moderne la religion de Dieu.

Il est facile de se convaincre à cette heure que cette France catholique, dont la politique et l'épée ont longtemps soutenu l'Eglise de Jésus-Christ, est menacée par les mêmes complots qui menacent celle-ci, et que, pour détruire cet *obstacle naturel* à ses projets, la Révolution n'hésitera pas à anéantir, si elle le peut, la nationalité française elle-même.

Il a été jusqu'ici dans la destinée de cette nation de partager le sort du Christianisme. Dieu seul sait ce qui sortira pour elle de la crise pendante : tout ce que l'on peut augurer, l'histoire à la main, c'est que la Révolution tuera la France si le Christianisme ne la sauve pas.

mobile dès le principe, le sera jusqu'à la fin. Tant qu'il y aura des hommes « n'aimant qu'eux-mêmes, cupides, hau» tains, orgueilleux, blasphémateurs, ingrats, scélérats, » sans affection, sans esprit de paix, calomniateurs, désor» donnés, sans entrailles, sans aucune bonté, traîtres, im» prudents, enflés d'eux-mêmes, passionnés pour le plaisir » au lieu de l'être pour Dieu, » ces hommes s'uniront dans la pensée de faire du mal le bien. L'apôtre avait dépeint d'avance ces fidèles partisans de la Révolution éternelle, dont les derniers représentants seront, au jour du jugement, précipités par le Christ vainqueur dans les abîmes qu'habitent leurs prédécesseurs et leurs auxiliaires.

La Révolution « ce grand dissolvant de toute vertu » contient les passions de la fin du monde. En voyant, chez les peuples qui lui appartiennent, l'athéisme enlever aux hommes tout sentiment humain, les révoltes de l'égoïsme anéantir toute subordination, le scepticisme annihiler le pouvoir de la raison, le malthusianisme arrêter la reproduction de la vie; l'alcoolisme, l'immoralité, les fureurs de l'antagonisme politique et social faire de l'extermination de la race humaine le but de son activité, on se demande comment l'humanité pourra subsister quand l'esprit antichrétien ou révolutionnaire la possédera tout entière. La Genèse, décrivant les peuples qui vivaient au moment du déluge, dit que « toute créature avait corrompu sa voie. » C'était le règne plein de « l'Idée. »

Quand la Révolution aura envahi le monde, il n'y aura plus besoin de déluge. L'humanité se détruira elle-même, et le feu du ciel passera sur la terre pour la purifier des crimes et des ignominies accumulées par la créature qui, en se séparant obstinément de l'Auteur de la vie, s'assied pour toujours à l'ombre de la mort.

FIN.

300. — GRENOBLE, IMPRIMERIE DE E. DARDELET. — 2803.

www.ingramcontent.com/pod-product-compliance
Ingram Content Group UK Ltd.
Pitfield, Milton Keynes, MK11 3LW, UK
UKHW031844260826
14628UKWH00002B/573

9 782012 964914